KB053861

나는 도레미

나는 도레미

고등어 태비
아기 고양이의 혼잣말

히라노 에리코 지음
서하나 옮김

북노마드

차례

집사의 한 마디

릴리° 씨와

레리 씨에게

고마운 마음을 담아

° 릴리는 이 책의 추천사를 쓴 이시다 유리코의 애칭으로 배우이자 에세이스트다.
이시다 유리코는 현재 개 한 마리, 고양이 다섯 마리와 함께 살고 있다. 함께 생활
하는 고양이 하니오의 시선으로 세상을 바라본 '하니오 일기'를 자신의 인스타그
램에 5년 동안 올렸고 그 글을 모아 2021년『하니오 일기 ⅠⅡⅢ』을 출간했으며
이 책의 인세는 모두 유기묘와 유기견 보호 센터에 기부한다고 밝히기도 했다.

나는 도레미라고 합니다

내 이름은 도레미. 올여름에 다섯 살이 되는 하얀 고등어 태비° 고양이입니다. 에리와 함께 살고 있어요.

가족이 없는 나는 얼마 전까지 도쿄에 사는 릴리 씨 집에서 귀여움을 받으며 지냈습니다. 릴리 씨와는 에리의 오랜 친구인 레리 씨의 소개로 만났어요. 사이가 좋은 릴리 씨와 레리 씨는 내가 에리 집에서 살면 어떨지 상의했대요. 그리고 에리에게 연락하면서 내 이름도 인생도 정해진 셈이지요.

° 태비tabby는 얼룩무늬를 뜻하며 고등어 태비는 보통 회갈색 바탕에 까만 줄무늬를 가진 고양이를 말한다. 이 책의 주인공 도레미는 전체적으로 고등어 태비 무늬를 가졌지만, 얼굴 일부와 목, 배와 발 부분은 하얀색이다. 노란색 바탕에 갈색 줄무늬가 있는 고양이는 치즈 태비라고 부른다.

릴리 씨 집에 갔을 때는 생후 두 달 정도였기 때문에 처음 기억은 가물가물해요. 에리도 나를 만나러 릴리 씨 집에 한 번 왔다던데 기억나지 않아요.

릴리 씨 집에는 친구가 많아 언제나 같이 놀아 즐거웠어요. 상냥한 릴리 씨 집에는 3주 동안 있었어요.

그리고 여름이 끝나가던 어느 날, 도쿄에 사는 릴리 씨와 레리 씨 손에 이끌려 나는 에리의 집으로 왔어요. 혼자 지내던 에리의 집에 왔으니 지금은 엄마하고 나, 단둘이 살아요.

릴리 씨 집은 넓었지만, 에리 집은 아담해요. 하지만 그런대로 잘 적응하며 지내고 있어요.

근데 내가 가장 좋아하는 의자를 에리도 좋아하는 것 같아요. 에리는 밥을 먹을 때나 글을 쓸 때 꼭 그 의자에 앉아요. 그래서 틈만 나면 의자 쟁탈전이 벌어져요. 에리가 의자에서 일어나면 나는 다른 곳에 있다가도 곧바로 달려가 의자를 차지해요. 하지만 내가 앉아 있거나 자고 있어도 꼭 비켜내고 자기가 앉으려고 하니까 에리는 좀 제멋대로예요. 비어 있는 의자도 많으니 그런 데 앉으면 될 텐데.

　'도레미'라는 이름은 에리가 지어주었어요. 미국 포크 가수 우디 거스리Woody Guthrie가 만든 〈도레미Do Re Mi〉라는 곡명에서 따왔대요. 에리는 좋아하는 미국 뮤지션 라이 쿠더Ry Cooder가 부른 곡이어서 알고 있었는데 우디 거스리가 만든 곡이라는 사실까지는 몰랐다고 해요.

　그 곡의 가사에 나오는 '도레미'는 '돈'을 의미해요. 곡 중간에 '도레미가 없으면 돌아가는 게 좋을 거야.If you ain't got the do re mi, boys, you ain't got the do re mi, Why, you better go back to beautiful Texas, Oklahoma, Kansas, Georgia, Tennessee.' 같은 가사도 나오는데 노동자의 이야기를 노래한 곡이래요. 이건 에리가 영국 음악 평론가 피터 바라칸Peter Barakan의 책 『록의 영어 가사를 읽는다─세계를 바꾸는 노래ロックの英詞を読む─世界を変える歌』에서 읽고 알려주었어요.

　내가 에리 집에 가기로 정해진 뒤 에리는 이름을 무엇으로 지을지 고민하던 와중에 이 책을 읽었고 책에서 〈도레미)라는 곡명을 본 순간 '바로 이거다' 하고 감이 왔대요. '도레미'는 음악에서 다장조의 처음 세 음계로, 밝고 부르기 쉽고 외우기도 쉬워요. 게다가 약간 장난스러운 느낌도 있어서 마음에 들어요. 다장조는 영원한 해피 코드라고 생각해요. '전 인류의 공통 무의식(이 말도 피터 씨가 했어요)'에 자리 잡고 있으니까요.

하지만 에리가 내 이름을 친구에게 알려주면 너나 할 것 없이 듣자마자 바로 웃는대요. 왜 그럴까요? 좀 예의가 없는 거 아니에요? 이름을 듣고 웃다니. 근데 화내거나 슬퍼하면 오히려 난처할 텐데 웃는다니까 좋다고 하죠, 뭐.

에리도 처음에는 내 이름으로 고풍스러운 느낌의 '고유키小雪'나 서정적인 느낌의 '오소메お染' 등도 생각했지만, 릴리 씨 집에서 만났을 때 느낀 내 인상이 도무지 그런 이름과는 안 어울린다고(이것도 기분 나빠요) 생각했대요. 어딘지 나에게서 펑크스럽고 히피스러운 인상을 받았다나. 그래서 모두가 이름을 들으면 와하하하 웃을 수 있는 이름을 붙인

거래요.

도레미 최고. 도레미면 돼요. 도레미가 좋아요. 나는 도
레미.

나는 도레미
わたしはドレミ

대한大寒 날 아침

　오늘 아침은 정말 추웠어요. 에리가 일어나 이불에서 나가도 나는 한참 동안 뜨뜻한 이불 안에서 꼼짝하지 않고 있었어요. "우아, 실내 온도가 0도야." 에리가 온도계를 보고 말했어요. 올겨울 들어 가장 추운 날이래요. 에리가 전원을 켠 스토브에 불이 붙을 때까지는 이불 속에 잠자코 있어야겠어요.

　에리가 세수하고 나서 세면대와 현관 청소를 마치고 방으로 돌아왔어요. 그런데 아직도 이불 속에 있는 나를 보더니 "도레짱은 잠꾸러기구나"라면서 웃어서 그제야 이불에서 나왔어요. 창문에서 바깥을 살피는 일도 평소보다 짧게 끝내고 간식을 먹는 의자에서 몸을 둥글게 말고 있었어요. 정말로 추웠으니까요.

평상시와는 달리 아침부터 몸을 둥글게 말고 있는 나를 본 에리가 옆에 와서 앉았어요. 우와, 에리가 옆에 있으니 따뜻해요. 게다가 앞치마에 걸어 놓은 수건까지 등에 덮어주어 더 포근해졌어요. 앗, 나도 모르게 골골송°이 나왔잖아. 어리광부리는 모습은 되도록 안 보여주려고 했는데.

한참 그렇게 누워 있었더니 바로 옆에 있는 에리의 무릎에 올라가고 싶은 기분이 들었어요. 그래서 무릎에 올라가보기로 했지요. 보통은 간식을 먹을 때만 무릎에 올라가는데 오늘은 너무 추우니까 특별히 금기를 깨기로.

무릎에 올라간 뒤에도 간식을 달라고 조르지 않으니까 에리가 깜짝 놀랐어요. 너무 깜짝 놀라 긴장까지 했어요. 에리는 되도록 움직이지 않고 나를 쓰다듬지도 않았어요. 한참 무릎 위에 앉아 있었더니 기분이 좋아져 엎드린

° 고양이는 기분이 좋을 때나 애교를 부릴 때 그르릉 그르릉 소리를 내는데 이를 '골골송'이라고 한다. 정확히 몸의 어느 부위에서 나는지는 아직 밝혀지지 않았다.

자세에서 식빵 굽는 자세°로 몸자세를 바꾸었어요. 그러자 에리가 조심조심 등을 쓰다듬기 시작했어요. 오케이, 그렇게 계속. 좋아요, 좋아.

집 안에 흐르는 음악이 배우이자 가수 론 그린Lorne Greene의 〈링고Ringo〉, 포크 록그룹 더 버즈The Byrds의 〈더 탬버린 맨Mr. Tambourine Man〉, 가수 마마스 앤드 파파스The Mamas & the Papas의 〈캘리포니아 드리밍California Dreamin'〉, 록밴드 비치 보이스The Beach Boys의 〈굿 바이브레이션스Good Vibrations〉로 연이어 바뀌는 사이에도 꼼짝 않고 무릎에 앉아 있었어요.

그런데 듣다 보니 뭔가 다 음산한 곡들뿐이네요. 지금 듣는 CD는 에리가 좋아하는 드러머 할 블레인Hal Blaine이라는 사람이 퉁스투투퉁 하고 북을 치는 곡만 모은 음반이래요. 다른 때는 춤을 추며 듣는데 오늘은 내가 무릎에 올

° 다른 동물들과 구별되는 고양이의 대표 자세로 앞발은 뒤로 접어 가슴 아래에 숨겨두고 배 아래 깔린 뒷발은 엉덩이 안으로 쏙 들이민 자세를 말한다.

18

라와 있으니까 미동조차 하지 않는 에리. 정말 재미있는 집
사예요.

팝 밴드 몽키스The Monkees의 〈메리, 메리Mary, Mary〉, 코
러스 그룹 피프스 디멘션The Fifth Dimension의 〈업 업 앤드
어웨이Up Up And Away〉, 그리고 몇 곡 더 흐르고 가수 엘비
스 프레슬리Elvis Presley의 〈어 리틀 레스 컨버세이션A Little
Less Conversation〉까지 듣고 나니 30분 정도 흘러 있었어요.
그사이 몸이 꽤 따뜻해져서 에리 무릎에서 내려왔어요. 오
늘처럼 추운 날이 아니면 무릎에 올라갈 일은 별로 없을
테니 '다음 기회에도' 같은 기대는 하지 말아주세요.

자, 이제 잠을 깨워줄 아침 간식과 아침밥, 잘 부탁합
니다.

일력

거의 매일 아침 우리 집 세면대에서 들려오는 에리의 목소리.

"어머, 진짜 귀엽다."
"아이쿠, 정말 착하네."

이런 목소리가 들려오면 내 입장에서는 역시 신경이 쓰일 수밖에 없어요. 나는 분명 여기 있는데, 이 집에서 귀여운 애는 나밖에 없는데, 나 말고 에리에게 귀엽다는 소리를 들을 만한 누군가가 저기에 있다고? 서둘러 달려가 확인해요. 농담에도 정도가 있지. 나같이 귀여운 애가 어디 있다고, 용서하지 않을 테야. 하지만 가보면 아무도 없고 에리 혼자 싱글벙글 웃고 있을 뿐이에요.

"어, 도레짱. 도레짱도 귀여워."

나를 보고 이런 말이나 하면서 말이에요.

뭔가 이상하다 싶었는데 일력이라는 게 있어 아무래도 에리는 그걸 보고 귀엽다고, 착하다고 말했던 듯해요. 정말 이상해요.

세면대에는 일력이 세 종류나 있어요. 하나는 평범한 일력. 다른 하나는 중국 일력. 여기에서 또 다른 하나가 문제인데 이게 고양이 일력인가 보더라고요. 에리는 매일 아침 세수하러 가서 모든 일력을 다음 장으로 넘기는데 고양이 일력을 넘길 때는 그날의 사진에 담긴 고양이에게 일일이 말을 걸어요. 진짜 적당히 좀 하면 좋겠어요.

나는 이미 알고 있으면서도 다음 날 아침에 "정말 귀엽다" 하는 에리의 목소리가 들리면 세면대까지 본능적으로 달려가요. 엄청 신경 쓰이니까.

아침의 브러싱

아침에 일어나 에리가 얼굴을 씻고 방으로 돌아오면 이번에는 내 브러싱 시간이에요. 그전에는 언제나 그렇듯 아침 첫 일과로 창문 순회 정찰을 해요. 창밖을 열심히 바라보고 있으면 욕실에서 돌아온 에리가 이름을 불러요.

"도레짱~"

그 목소리를 들으면 쏜살같이 달려가요. 평상시에는 불러도 선뜻 알겠다면서 달려가지 않아요. 고양이 체면이 있으니까요. 하지만 아침 브러싱 시간만은 특별해요. 한 치의 망설임도 없이 에리에게 곧장 달려가요.

브러싱은 언제나 둥근 방석 위에서 해요. 먼저 엉덩이

를 에리 쪽으로 향하게 한 다음 똑바로 누운 자세로 바짝 엎드려 대기해요. 조용히 기다리고 있으면 에리가 주머니에서 빗을 꺼내 '브러싱 노래'를 부르면서 차례대로 빗어주어요. 먼저 머리부터.

"♪브러싱, 브러싱, 머리 브러싱, 머리를 빗어볼까요?"

다음에는 볼, 다음에는 목 그리고 등으로 넘어가요. 볼은 먼저 오른쪽을 빗어준 다음 왼쪽으로 넘어가는데 왼쪽 볼을 브러싱할 때면 꼭 이상하게 하품이 나오더라고요. 매일 아침마다 그러니까 에리는 좋아서 웃으며 말해요.

"또 하품한다!"

등하고 꼬리 브러싱이 다 끝날 즈음이면 나는 어느새 옆으로 발라당 누워 있어요. 그러면 에리는 위쪽으로 올라와 있는 내 앞발을 들고 벌리면서 말해요.

"가슴, 실례하겠습니다."

그러고는 목에서 시작해 가슴, 앞발, 옆구리를 브러싱
해요. 그럼 기분이 참 좋아져요. 아, 좋다, 좋아.

다음에는 뒷발을 들고 "배, 실례하겠습니다" 하면서 배
하고 다리 안쪽을 브러싱해요. 이것도 참 기분 좋아요.

한쪽이 끝나면 에리는 말해요.

"턴 오버 turn over!"

그러면 몸을 빙그르르 돌려 아래쪽에 있던 몸을 위쪽
으로 오게 해요. 스스로 할 때도 있지만, 에리가 아무리 말
해도 못 알아듣고 눈만 끔뻑끔뻑하고 있을 때도 있어요. 혼
자 몸을 돌렸을 때 에리는 "천재잖아"라며 나를 칭찬해요.
하지만 늘 천재는 아니니까 혼자 돌지 못할 때도 있어요.
그럼 에리가 직접 반대쪽으로 몸을 돌려줘요. 그리고 또 조
금 전과 마찬가지로 가슴에서 배까지 브러싱하면 이걸로

모든 순서가 끝나요.

"자, 이제 끝!"

에리가 이렇게 말하는데도 누워서 뒹굴뒹굴할 때도 있고 바로 창문 정찰을 하러 돌아갈 때도 있어요. 그건 그날 기분에 따라 달라요.

브러싱이 끝난 후 에리는 빗에 붙은 털을 떼어내 '털공 自分玉'을 만들어요. 매일 하루도 빠짐없이 어제까지 만든 털공에 오늘 나온 털을 덧붙이니까 1년이 지나면 야구공만한 크기가 돼요. 재작년 털공과 작년 털공은 뚜껑이 있는 유리병에 각각 넣어두었고 올해 털공도 아무 문제없이 커지고 있어요.

에리는 종종 털공으로 놀게 해줘요. 근데 나는 털공을 물어뜯으면서 엉망으로 만드는 게 좋아요. 논다는 건 바로 이런 거 아니겠어요? 그러면 에리는 "으아악" 하면서 털공을 빼앗아가 다시 동글동글 잘 뭉쳐 유리병에 넣어요. 뭐,

다른 장난감도 많으니 털공으로 놀지 못해도 아무렇지 않
지만요.

몸무게 재기

작년 가을에 몸무게가 줄어든 이후로 매일 아침 몸무게를 재요. 먼저 에리가 몸무게를 측정한 다음 나를 안고 다시 체중계에 올라가요. 그리고 두 번째 나온 숫자에서 에리의 체중을 빼면 내 몸무게를 알 수 있어요.

아침에 일어나 에리가 체중계에 올라가면 이제 내 차례겠구나 생각하면서 창가에서 모르는 척하고 있어요. 그리고 조금 있으면 에리가 다가와 안으며 말해요.

"실례하겠습니다."

나는 일단 저항해요.

"하지 마라냥!"

에리는 다시 이야기해요.

"몸무게는 아침마다 꼭 재야 하니까 이해하고 협조해
주세요."

이 말을 들으면 더 저항해도 소용없겠구나 싶어서 얌
전하게 안겨요.
체중계에 올라가면 처음에는 삐 하고 소리가 나요. 그
상태로 가만히 있으면 이번에는 삐삐 하고 소리가 나고 그
럼 끝난 거예요.

"네, 다 되었습니다. 수고하셨습니다."

에리가 가만히 의자 위에 내려주면 무사히 해방돼요.
이때부터 에리는 심각한 얼굴을 하고 체중계와 눈싸움

을 시작해요. 옛날에는 자기 몸무게가 늘고 주는 일에 매일 아침 한숨을 쉬었어요. 하지만 내 몸무게를 재면서부터는 자기 체중은 안중에도 없어요. 내 체중이 100그램 늘고 주는 것을 더 큰 문제로 여기거든요. 체중이 괜찮을 때는 "안심, 안심" 이러면서 싱글벙글해요. 하지만 100그램 줄어든 날 아침에는 이렇게 말해요.

"도레짱, 많이 좀 먹어야겠어."

그렇게 말라서 어떻게 하느냐며 걱정하니까 마음이 좋지 않아요. 몸무게가 계속해서 줄어드는 것도 아니고 겨우 100그램 왔다 갔다 하는 거니까 괜찮다고 생각했는데, 사소한 일도 걱정하는 성격인 에리는 마음을 놓지 못하겠나 봐요. 나도 되도록 많이 먹으려고 노력해 지금보다 조금 더 살을 찌워야겠어요. 에리에게 걱정을 끼치지 않도록 말이에요.

브러싱

아침 첫 일과인 브러싱은 고양이 기분에 따라 평화롭게
끝날 때도 있지만 도중에 협상이 결렬될 때도 있다. 어느
쪽으로 종결될지는 전혀 예측할 수 없다. 문제없이 잘 하고
있다 싶다가도 갑자기 태도가 돌변하기도 하고, 처음에는
찡얼거리다가 금방 나온 떡처럼 말랑말랑해져 나른한
표정을 지을 때도 있으니까.

하지 말라냥

빗에 난폭하게
달려드는 날도
있다.

멍하게 브러싱을 받다보면
떡처럼 말랑말랑해진다.

노곤노곤

밥

나는 먹는 일에 별로 열심이지 않아요. 조금밖에 먹지
않아요. 그것도 먹고 싶을 때만 먹어요.

"밥 먹자."

에리가 불러도 별 감흥이 없어요. 바로 달려가 먹는 일
따위는 하지 않아요. 좋아하는 간식은 와구와구 정신없이
먹지만, 밥은 먹어도 그만 안 먹어도 그만이에요.

그래도 좋아하는 밥은 있어요. 먼저 닭가슴살. 닭가슴
살을 삶아 찢어주는 건 정말 맛있어요. 하지만 닭가슴살
하나를 한 번에 다 먹지는 못하니까 반절만 찢어달라고 해
서 먹어요. 그러면 에리는 먹다 남은 닭가슴살을 다음 밥

시간에 다시 찢어서 주곤 해요. 그렇게 오래된 건 맛이 없으니까 나는 먹지 않아요.

이런 나를 보고 에리도 처음에는 다그치듯 말했어요.

"얼른 먹어야지."

하지만 요즘에는 내가 안 먹는 이유를 알았는지 남은 닭가슴살은 자기가 먹는 것 같더라고요. 에리도 참, 고양이가 남긴 걸 먹다니. 후후훗.

오늘 사 온 닭가슴살은 맛있었어요. 하지만 사온 지 하루만 지나도 먹기 싫어요. 냉동한 것도 싫어요. 그래서 오늘 사 온 한 팩에 세 개 들어 있는 닭가슴살 가운데 두 개반은 에리가 먹고 있어요. 이 닭가슴살도 매일 먹으면 질릴 테니까 일주일에 한 번 정도면 되려나.

참고로 나는 날생선은 못 먹어요. 잘게 다져줘도 우웩하고 헛구역질이 나와요. 하지만 날생선을 익혀서 잘게 부숴서 주면 먹을 수 있어요. 근데 그것도 두 번, 세 번 계속

먹다 보면 싫증나니까 먹고 싶지 않아요. 제멋대로라고 핀
잔을 들어도 못 먹는 건 못 먹는 거예요.

　팩에 든 밥도 계속 같은 밥만 주면 단식 투쟁에 돌입해
요. 전에는 맛있게 먹던 밥도 기분에 따라 먹고 싶지 않은
날도 있기도 하고요.

　"오늘은 도레가 가장 좋아하는 멸치가 들어간 참치 밥
이야."

　"오늘은 도레짱이 좋아하는 가다랑어야."

　에리는 이야기해요. 하지만 난 잘 모르겠어요. 내가 그
랬었나? 이걸 좋아하면서 먹었던가?

　"옛날에는 와구와구 잘 먹었잖아."

　에리는 투덜대지만, 나는 기억이 안 나요. 그래서 에리
는 팩에 담긴 여러 종류의 밥을 큰 유리병에 한가득 넣어

두고 그날그날 내 기분을 살피면서 밥을 고르는 것 같아요. 하지만 그렇게 쉽게 내 기분을 알아채지 못할걸요.

간식

간식 시간은 하루에 두 번 있어요. 오전 11시랑 오후 4시. 시계는 볼 줄 몰라도 그 시간이 되면 귀신같이 알기 때문에 일하는 에리에게 가서 등을 툭툭 쳐 간식을 요구해요. 그럴 때마다 에리는 말해요.

"도레짱의 배꼽시계는 정확하구나."

당연하지요. 간식은 일과에서 가장 중요한 안건 중 하나니까요.

평소에는 에리 무릎에 올라가지 않지만, 간식 시간만은 달라요.

"이제 간식 먹을까?"

에리가 말하면서 파란 의자에 앉으면 나도 모르게 "냐옹" 하고 솔직하게 대답하고 무릎 위로 폴짝.

에리가 무릎에 앉은 나를 착하다면서 쓰다듬어주는 일도 간식 시간의 또 다른 즐거움이에요. 바로 간식을 먹지 않고 한동안 에리가 쓰다듬거나 장난치면서 귀나 이마를 살짝살짝 물게 내버려두어요. 그러면 나는 완전히 나른해져서 저절로 목을 그르릉 그르릉 해요.

에리가 쓰다듬고 귀여워해주는 시간을 충분히 즐긴 다음에야 간식을 먹기 시작해요.

오전에 먹는 간식은 의자 옆에 둔 병 두 개에 들어 있어요. 에리가 "어떤 거로 할래?" 하고 물어보면 발을 활짝 펴고 아무 쪽이나 끌리는 대로 "이쪽" 하면서 뚜껑을 툭툭 쳐요. 그러면 에리는 "오늘은 이쪽 거 먹자" 하고 그 병 안에 있는 간식을 꺼내주어요.

에리는 병에서 간식을 한 줌 꺼내 주먹에 쥐고 내 눈앞으로 내밀어요. 그럼 나는 그 주먹을 툭툭 치고 에리는 맛있게 먹으라면서 반대쪽 손에 덜어주어요. 손에 덜어준 간식을 다 먹으면 더 먹고 싶으니까 다시 툭툭 치고 그럼 에리가 또 주어요. 그러다가 손안에 더 이상 간식이 없다는 걸 알면 이번에는 병을 툭툭 쳐요.

"더 먹고 싶구나."

일일이 물어보지 않아도 알잖아요? 당연히 더 먹고 싶지요.

그렇게 다시 툭툭 치는 걸 반복하면서 간식 시간을 이어갑니다.

근데 간식을 먹다 보면 언제나 갑자기 배가 불러와 더는 먹기 싫어져요. 그럼 느닷없이 간식 시간을 끝내고 바로 창문 정찰로 직행해요. '잘 먹었습니다' 같은 말 따위는 안해요. 에리는 병에서 꺼낸 간식이 아직 주먹에 남아 있으니까 "왜? 왜 안 먹어~" 하고 말해요. 하지만 그건 제 알 바

아니지요. 그럼 에리는 언제나 혼자 투덜투덜하면서 정리
하곤 한답니다.

이름을 불러도

고양이가 저쪽에 있어서 이름을 불렀다. 그런데 무슨
바람이 불었는지 "냐아냥" 하고 기분 좋게 대답하면서
나를 향해 우다다다 달려왔다.
하지만 달려오던 도중에 "아차, 실수했다. 너무 솔직하게
반응했잖아" 하듯이 갑자기 뚱한 표정을 짓더니 왔던 길로
되돌아갔다. 변덕쟁이 고양이.
나한테까지 오지 않아 서운했지만, 재미있었다.

♪ 냐아냥

"도레짱" 부르니까
자신도 모르게 기분
좋게 대답하며
달려오다가

도중에 정신을 차렸는지
갑자기 멈춰서더니

돌아가버렸다.

무서운 얼굴

간식 시간은 궁극의 행복을 느끼는 시간. 에리 무릎 위에서 에리를 바라보며 간식을 먹어요. 특히 뭉근뭉근한 츄르ちゅ~る° 간식은 정말 맛있어서 눈 깜짝할 사이에 다 먹어 치울 정도예요. 간식을 정신없이 먹고 있으면 에리의 목소리가 들려요.

"도레쨩, 얼굴 너무 무서운 거 아냐?"

° 일본 식품회사 이나바식품いなば食品에서 나오는 고양이용 습식 간식으로 정식 제품명은 차오츄르CIAOちゅ~る이며 스틱 형식으로 되어 있어 짜서 먹인다. 국내에서는 일반적으로 츄라라고 부르는데, 제조회사가 다른 비슷한 제품도 같은 이름으로 부르기도 한다.

어떻게 그런 말을. 맛있는 거 먹는데 얼굴 따위 신경 쓸 틈이 어디 있어요.

집에 친구 마미 씨가 놀러 온 날에는 내가 간식 먹는 얼굴이 무섭고 재미있다고 굳이 에리가 이야기하더라고요. 왜 그런 쓸데없는 말을 하는지.

간식 시간이 되어 열심히 간식을 먹으니까 마미 씨도 내 얼굴을 들여다보았어요. 그러더니 둘이서 박장대소를 하더라고요.

"마미, 봐봐. 이 얼굴 요다 같지?"
"앗, 정말이네."

마미 씨는 배를 잡고 데굴데굴 굴러다니면서 동영상 촬영까지 했어요. 진지하게 먹고 있는데 둘 다 깔깔 웃다니, 너무 무례하지 않아요? 나는 얼굴 따위 신경 쓰지 않는다니까요. 아이 돈 케어 I don't care.

무서운 얼굴이라고 하니 또 떠오르는 일이 있네요. 내

가 열심히 그루밍grooming°할 때도 에리는 이러면서 웃어요.

"도렛티, 얼굴이 고양이 괴물 같아."

등을 그루밍할 때는 고개를 빙 돌리니까 동작이 커지
는데 그걸 계속하다 보면 정말로 기분이 좋아요. 그런데 꼭
그럴 때마다 고양이 괴물이라고 한다니까요.

직접 거울을 본 적이 없어서 모르겠지만, 그렇게나 무
서운 얼굴을 하는 걸까요? 뭐, 괜찮아요. 무서운 얼굴이 되
어도 상관없어요.

° 고양이가 몸에 묻은 이물질을 제거하고 깨끗하게 유지하기 위해 까끌까끌한 혀
에 침을 묻혀 온몸을 핥거나 이빨과 발톱으로 털을 다듬는 행동을 말한다. 정서
적 안정을 찾거나 자신의 흔적을 없애기 위해 그루밍할 때도 있다.

기대에는 부응하지 않아요

고양이는 상자에 들어가는 걸 좋아한다, 바닥에 끈으로 원을 만들면 그 안에 들어가 앉는다, 종이봉투가 놓여 있으면 반드시 그 안으로 돌진한다 등등.

고양이의 재미있고 귀여운 행동에 대해 어디서 듣거나 읽어 정보를 얻은 에리는 처음에는 나도 같은 행동을 하지 않을까 기대했어요. 종이 상자를 방 한가운데 놓거나 끈으로 둥글게 원을 만들어 다다미 위에 설치한 다음 얼굴에 웃음을 가득 띠운 채로 나를 불러요.

대부분의 고양이는 그런 걸 좋아할지 모르겠지만, 나는 별로 흥미가 없어요. 둥글게 만든 끈이라니, 그게 뭐야. 종이 상자 안에서는 도저히 편하게 있을 수 없어요. 에리는 정말 아무것도 몰라요.

그러고 보니 내 침대를 몇 개나 샀을 때도 나에 대해 정말 아는 게 하나도 없다고 느꼈어요. 깊이가 깊은 등나무 바구니나 얕은 대나무 바구니도 있었던 거 같은데. 큰 맘 먹고 샀다는 펠트 재질의 돔 모양 침대는 쓰기 싫다고 아무리 내 의사를 피력해도 지금도 넣지 않고 방에 그대로 있어요.

"냄새가 싫은 거야?"

한 번은 세탁까지 다 했어요. 나는 모양이 싫은 거지 세탁을 하고 안 하고는 아무 상관이 없는데. 그래도 에리는 포기하지 못하겠는지 가끔 들어가보라면서 나를 은근슬쩍 밀어 넣으려고 해요. 나는 들어가기 싫다구요!

어느 날인가는 친구 언니가 주었다는 '네코지구라猫ちぐら°'라는 것을 방에 두고 어떠냐고 물어보더라고요. 그 바구니에 들어가면 기분 좋을지도 모르겠지만, 나에게는 있을 수 없는 일이에요.

46

에리도 처음에는 짚으로 세공한 그 지구라라는 걸 사려고 했던 모양이에요. 그런데 내가 아무리 해도 이런 바구니를 좋아하지 않는다는 걸 알고는 사는 걸 포기했어요. 정말 비싼 물건이니 샀다면 돈을 낭비하는 셈이었지요. 사지 않아 천만다행이에요. 이렇게 말하지만 사실 에리는 이미 나에게 돈을 엄청 많이 썼어요.

근데 저도 왜 그러는지는 모르겠지만, 어떤 침대든 일단 한 번은 들어가서 한동안 머물며 확인해요. 그럴 때는 그 안에서 상당히 느긋하게 지내니까 에리는 좋아하면서 사진을 많이 찍어요. 그리고 눈까지 반짝이면서 말해요.

"도레짱, 이 침대 마음에 들어?"

° 니가타현新潟県, 나가노현長野県 등에서 만드는 민예품으로 볏짚을 꼬아 만든 고양이용 침대를 말한다. 처음에는 아기 요람과 비슷한 형태로 만들었지만, 지금은 이글루나 돔과 같은 형태가 일반적이다.

나는 그냥 한번 써보는 것뿐인데.

지금 사용하는 침대는 크고 둥근 방석 모양의 침대랑 2층짜리 캣 타워 가장 꼭대기에 붙어 있는 작고 둥근 침대예요. 둥근 방석 모양 침대도 처음에는 마음에 들지 않아서 0.1초 만에 바로 내려왔지만, 반년 만에 에리가 꺼내줘서 다시 사용해보니 의외로 괜찮더라고요. 지금은 그 위에서 자주 잠을 자요.

회람판이 든 천 가방

종종 우리 집에 도착하는 동네 회람판. 회람판은 꽃무늬 천 가방에 담겨 오는데 가방에는 동네 소식이나 인쇄물 등 이런저런 물건이 들어 있어요. 여러 집을 돌고 돌아 우리 집에 오는 데다가 오래 사용했기 때문에 꽃무늬 천 가방에는 사람 냄새나 집 냄새 등 다양한 냄새가 묻어 있어요. 나는 그 냄새를 맡는 걸 좋아해요.

에리가 현관에서 회람판이 든 천 가방을 받아 방에 들어오면 정말 기뻐요.

"회람판이다!"

그것만 눈에 보여 가방이 있는 곳으로 쏜살같이 뛰어

가 코를 킁킁. 특히 손잡이 부분은 못 견딜 정도로 좋아요.
최근에는 에리도 내가 이 천 가방 냄새를 좋아한다고 눈치
를 챘어요.

"도레쨩, 회람판 왔어."

이러면서 손잡이 냄새를 맡게 해주거든요.
하지만 에리의 속셈은 따로 있어요. 손가방 냄새를 맡
고 난 후의 내 얼굴을 보고 싶으니까요. 이유는 모르겠는
데 손가방 냄새를 맡고 나면 나는 꼭 입을 벌리고 있더라
고요.

"도레쨩, 얼굴 좀 보여줘."

에리는 내 기분은 생각하지도 않고 이렇게 말해요.

"오, 나왔다. 플레멘flehmen.°"

이건 또 무슨 소리인지. 되도록 에리에게 얼굴을 보여주기 싫으니까 머리를 숙인 채로 있어요. 그래도 킁킁 손가방 냄새 맡기는 그만둘 수 없어요. 정신없이 가방 냄새를 맡다 보면 어느새 손가방은 의자에 놓여 있고 나도 의자 위에서 입을 쫙 벌리고 있어요. 에리는 일부러 의자 아래 바닥에 누워 내 얼굴을 올려다보며 좋아하고 있고 말이에요. 정말 너무하지 않아요?

하지만 역시 회람판이 든 천 가방 냄새는 최고로 매혹적이에요. 회람판이 언제 또 올까요?

° 정식 명칭은 플레멘 반응flehmen response으로 고양이가 입안에 있는 야콥슨 Jacobson이라는 기관으로 페로몬 등 자극이 강한 냄새를 맡을 때 윗입술을 뒤집어 이빨을 드러내고 웃는 듯한 표정을 짓는 것을 말한다.

내 잠자리

내 잠자리는 에리의 이불이에요. 그렇다고 이불 안은 아니고요. 일단 처음에는 덮는 이불 위에서 자요. 특히 좋아하는 위치는 에리의 다리 사이. 좌우 양쪽이 다리로 둘러싸이니까 마음이 안정되거든요. 그리고 어느 한쪽 무릎을 베개로 삼아요. 내가 이불에 올라가면 에리가 적당하게 움푹 파인 공간을 만들어주니까 그곳에 쏙 들어가서 자요.

내가 다리 사이에서 자고 있으면 에리는 자다가 자세를 바꾸기가 정말 힘들어요. 나를 깨우지 않도록 조심하면서 웃차 하고 무릎을 가슴 부근까지 올린 다음 크게 돌려서 자세를 바꾸어야 하거든요. 번거롭게 해서 미안해요. 근데 요즘 에리는 자면서 거의 자세를 바꾸지 않고도 쿨쿨 잘 자더라고요.

한참 이불 위에서 자다가 새벽이 다가오면 잠깐 일어나요. 침실에서 빠져나와 주방에 가서 남겨둔 밥을 먹고 화장실에서 볼일을 본 다음 다락방에 올라가서 한 바퀴 빙 둘러보고 침실로 돌아와요.

그리고 이때 이불 안으로 들어가요. 자고 있는 에리를 깨워 '그쪽으로 갈게요' 하고 알리려고 문살을 툭툭 치거나 스크래쳐 침대를 벅벅 긁어요. 그러면 에리가 일어나 이불을 들치며 말해요.

"네네, 어서 들어오세요."

한달음에 달려가 따뜻한 이불 안으로 점프.

하지만 가끔 아무리 소리를 내도 에리가 일어나지 않을 때가 있어요. 분명 알면서도 자는 척하는 거예요. 일어나기 싫으니까 시치미를 떼고 있다거나.

그럴 때는 베개 근처까지 가서 에리의 머리나 코, 볼을 가볍게 톡톡 쳐서 깨워요. 그제야 에리는 방금 일어났다는 듯이 말해요.

"하암, 도레짱 이불에 들어오려고?"

근데 나는 다 알고 있어요. 조금 전까지 에리가 자는 척했다는 사실을. 에리는 내가 얼굴을 톡톡 치는 게 좋으니까 자는 척하면서 얼굴이 잘 보이도록 이불 밖에 내놓고 기다리거든요. 근데 자는 척하는 사이에 정말로 잠이 들 때도 있어요. 참 천하태평이에요.

이불에 들어가 에리 옆에서 자는 것도 좋아해요. 우선 정말 따뜻해요. 그리고 에리가 손을 밥그릇 모양처럼 해주는데 거기에 머리를 대고 자면 안심이 되니까 좋아요. 양손을 활짝 펴서 에리의 손목을 잡으면 더더욱 마음이 편안해져요.

그렇게 아침이 밝아올 때까지 둘이서 푹 잠을 잔답니다.

잠자는 고양이

~ 에리가 나를 스케치할 때는 대부분 내가 자고 있을 때예요. 깨어 있을 때는 움직이니까 느긋하게 그리고 있을 여유 따위는 없겠지요. 그러고 보니 내가 깨어 있을 때 그린 그림은 대부분 한 획으로 휘리릭 그린 간단한 그림뿐이네요.

아, 나는 이렇게 하고 자는구나. 나의 자는 모습을 직접 볼 수는 없으니 모를 수밖에요.

잠자는 고양이라고 하니까 생각나는 게 있어요. 도치기현栃木県 닛코日光의 도쇼구東照宮라는 신사에 〈잠자는 고양이眠り猫〉라는 유명한 조각이 있어요. 에도시대江戸時代 초기에 활약한 전설적인 조각가 히다리 진고로左甚五郎가 만든 작품인데, 점박이 고양이가 모란꽃에 둘러싸여 잠을 자고 있는 조각이랍니다. 히다리 진고로는 작품을 만들기 전 모델이 된 고양이에게 이런 질문을 했대요.

"이보게, 자네는 어느 계절에 잠이 많이 오는가?"

점박이 고양이가 대답해요.

"모란꽃이 피는 계절에 가장 졸린다냥."

그렇게 해서 그 명작이 세상에 탄생했다고 만담가 고 콘테이 신쇼古今亭志ん生 스승이 이야기했는데 진짜일까요?

또 다른 잠자는 고양이 명작으로는 화가 하세가와 린 지로長谷川潾二郎가 그린 유화 작품 〈고양이猫〉가 있어요. 고 등어 태비 고양이 타로タロ-가 빨간 양탄자 위에서 기분 좋 게 잠을 자고 있는 모습을 그린 작품이에요. 한쪽 수염이 그려져 있지 않은 걸로도 유명해요. 에리는 이 그림을 보려 고 일부러 미야기현宮城県 센다이仙台에 있는 미술관까지 갔다 왔대요.

이 그림은 한쪽 수염만 그려 넣으면 완성이었는데, 타로가 좀처럼 같은 자세로 다시 잠을 자지 않았대요. 결국 타로가 천국으로 떠나면서 하세가와 씨는 그림에 한쪽 수염을 영영 그려 넣지 못했대요.

에리가 그리는 저의 잠자는 고양이 모습에도 수염이 그려져 있을까요? 잘 확인해봐야겠어요.

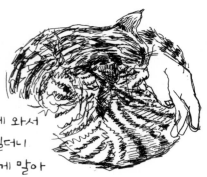

갑자기 나에게 와서
머리를 들이밀더니
어느새 몸을 둥글게 말아
팔을 베고 잠들었다.

식빵 자세를 한 도레

자고 있는 도레링

무릎 위에서 자는
도레밍

부들 의자 위에서 자는 도렛티

쇼핑백을 가지고 놀다가
벽에 부딪치고 놀라
의자에서 자는 도렛치

화장실

내 화장실은 하얀색 법랑 통이에요. 어렸을 때부터 쭉 사용해왔는데 아주 마음에 드는 물건이에요. 한번은 자라면서 내 몸집이 커지자 에리가 "이건 이제 너무 작으니까 큰 걸로 바꿀까?" 묻더니 마음대로 커다란 플라스틱 통으로 화장실을 바꾼 적이 있었어요. 그때는 정말 격렬하게 항의했어요. 플라스틱 통 화장실은 마음에 들지 않아서 한번도 사용하지 않았지요. 그러자 에리도 제 고집에 두 손 두 발 다 들고 원래 쓰던 법랑 화장실로 다시 바꾸어주었어요. 법랑 화장실이 아니면 볼일을 보지 못해요.

법랑 통은 쓸 때마다 좋은 소리가 나요. 화장실 모래를 사용할 때도 사그락사그락, 촤락. 무거우니까 안정감이 있어 쓰면서도 안심이 되고요.

화장실은 에리가 한 달에 한 번 정원에서 깨끗하게 씻어요. 창문 아래쪽에서 화장실 청소를 하니까 꼼꼼하게 잘 닦는지 방 안에서 가만히 지켜보면서 감시해요.

"깨끗하게 씻어라냥!"

청소가 끝나면 햇볕에 말리며 일광 소독해요.
그 덕분에 내 화장실은 언제나 반짝반짝 윤이 나고 깨끗해요. 법랑 화장실은 평생 나와 함께할 물건이에요.

메인쿤

고양이를 기르면서부터 고양이와 관련된 책 등을 자주
본다. 그래서 전에는 잘 모르던 고양이 종류도 이제는
대부분 알게 되었다. 크기, 체형, 얼굴, 털색, 털 길이, 털의
양 등에 따라 고양이 종류가 이렇게 다양하고 폭넓다니.
세상에는 정말 여러 고양이가 있음에 다시 한 번 놀랐다.
메인쿤Maine Coon이라는 고양이 종은 이름도 들어본 적이
없었는데 상당히 훌륭한 고양이다. 함께 살기 시작한 잡종
고양이도 메인쿤의 특징을 몇 가지 지닌 듯하다. 메인쿤의
피가 조금 섞여 있는 걸까?

◎ 메인쿤의 특징

귀는 머리 가장 높은 곳에
위치해 있다.

장식모인
'링크스 팁 lynx tip °'이
살짝 나 있다.

귀 안의 방모 房毛. °°
'터프트 tuft'가 풍성하다.

귀와 머리가
맞닿은 부분이 넓다.

콧등에 있는 젠틀 커브 gentle curve
(완만하게 들어간 부분).
마이클 잭슨 코 ♥

° 링크스 팁은 고양이 귀 끝에 난 긴 털을 뜻하며 이어 터프트 ear tufts 라고 부르기
도 한다.

°° 귀 가장자리에 난 털을 말한다.

이사

에리의 집에 온 지 1년 후, 이사를 했어요. 이 집에 겨우 익숙해졌는데 이번에는 더 산속에 있는 집으로 옮겼어요.

새로운 집에는 에리의 오빠가 차로 데려다주었어요. 에리의 오빠와는 지금까지 몇 번 만난 적이 있어요. 에리 집에 온 지 얼마 되지 않았을 때 내 얼굴을 보러 와주기도 했어요.

차는 세 시간 정도 탔어요. 차를 타고 가다가 중간중간 밖이 캄캄해지는 게 무서워서 그때마다 "무섭다냥" 하고 울었어요.

"터널이 무서운가 봐."

에리와 에리의 오빠가 이야기했어요. 그 어두운 것을 터널이라고 하는가 보죠? 캄캄해지고 무서운 터널 따위는 없어도 되는데.

드디어 도착한 집은 풀과 나무로 둘러싸여 있었어요. 전혀 모르는 곳.

"여기가 앞으로 우리가 살 집이야."

에리가 말하기에 '아, 그렇구나~' 싶었어요.

도착하자마자 바로 집을 조사했어요. 저쪽 방에서 이쪽 방으로. 복도로 욕실로 화장실로 다니면서 집 안을 샅샅이 조사하고 난 뒤 에리에게 오케이OK 사인을 보냈어요. 우든트 잇 비 나이스wouldn't it be nice, 멋있는데요. 이 집은 사다리도 있고 아래에 있는 방을 내려다볼 수 있는 다락방도 있어서 흥미로워요. 창이 많아서 순찰을 돌 때 바쁘겠지만, 이 정도는 감수할 수 있어요. 태어난 곳에서 꽤 멀리까지 왔지만, 이제부터는 여기가 내가 살 집이니까요.

손님

겁쟁이인 나는 싫어하는 게 많아요. 그 가운데에서도 손님이 가장 싫어요. 평소에는 에리와 둘만 있는데 누군가 모르는 사람이 집에 들어오는 셈이니까요. 이건 사건 중의 대사건이에요.

손님이 오면 에리는 현관 밖까지 맞으러 나가요. "와~" 라든지 "어서 와"라는 목소리가 들리면 손님이 집 안까지 들어 오려나보다 눈치를 채고 재빨리 다락방으로 피해요. 숨을 죽이고 조용히 하고 있어요. 그러다 보면 언제나 졸려서 잠이 들긴 하지만요.

다락방에 너무 오래 있으면 물도 마시고 싶고 화장실도 가고 싶어지니까 조용히 내려가요. 다락방에서 아래로 내려가는 사다리는 손님 뒤쪽에 있어서 소리를 내지 않으면 손님은 눈치채지 못해요. 하지만 에리가 앉은 자리에서는 정면으로 보이니까 완벽하게 들키지만요. 그래도 에리는 손님하고 이야기를 나누고 있으니까 내가 위에서 내려오는 걸 알면서도 일부러 손님에게 알려주지는 않아요.

들키지 않도록 조심조심 물을 마신 다음 괜찮겠다 싶으면 일단 창문 순찰을 돌아요. 그러다 보면 손님도 내가 내려온 걸 알아채고 말을 걸어요.

"어머, 도레짱."

하지만 나는 부끄러우니까 무시. 그러면 에리가 당황해하며 말해요.

"도레짱, 손님한테 인사해야지."

내 손님도 아닌데 왜요?
집에 자주 오는 사람은 얼굴을 알고 있어 무섭지 않아

요. 그런 손님이 올 때는 숨지 않아요. 지금은 그런 사람이 딱 한 명이에요. 집 안이나 설비를 관리해주는 조용한 분인데 나도 평상시와 다름없이 있을 수 있어요. 다른 손님은 아직 무서워서 안 돼요. 다른 사람이 오면 처음에는 숨어서 상황을 살펴요.

뭐가 그렇게 싫으냐고요? "잠깐이라도 얼굴 좀 보여줘" 하면서 구경거리 취급을 받을 때예요. 에리가 다락방까지 올라와서 나를 안고 다락방 난간 너머로 아래에 있는 손님에게 억지로 인사를 시켜요. 그러면 손님은 내 얼굴을 보고 "도레짱, 안녕" 하고 손을 흔드는데 나는 심장이 벌렁벌렁. 바로 에리의 손을 풀고 다락방에 있는 책상 아래로 몸을 숨겨요.

더 심한 일은 일어나지 않지만, 손님이 와 있는 동안은 긴장을 늦출 수 없어요. 그래서 손님이 돌아가면 정말 안심이 되어요. 다락방에 숨어 있을 때는 손님이 가자마자 바로 사다리를 타고 내려와 지정석인 둥근 방석에 누워요. 에리도 손님을 배웅하고 방으로 돌아와 "도레짱, 수고했어" 하면서 간식을 줘요.

하지만 가끔 손님을 보내고 그대로 에리도 외출할 때
가 있어요. 그럼 정말로 화가 머리끝까지 나요. 에리가 돌아
오면 평상시보다 간식을 두 배로 달라고 해야겠어요.

눈

추운 날이면 종종 하얀 것이 내려와 순식간에 바깥이 하얘질 때가 있어요. 그게 정말 무서워요. 너무 무서운 나머지 제대로 걸을 수도 없어요. 에리는 그런 나를 보고 말해요.

"도레짱, 또 무서워서 다리에 힘이 빠진 거야?"

나는 에리처럼 속 편하게 있을 수가 없다고요!

밖이 하얘지기 시작하면 창문 정찰이나 하고 있을 때가 아니에요. 되도록 밖이 보이지 않는 곳에서 몸을 둥글게 말고 숨을 죽이고 있어요. 그래도 견디기 힘들 때는 에리에게 부탁해 벽장에 들어가요. 최근에서야 에리도 내가 밖이 하얘지면 무서워한다는 걸 알았어요. 그래서 벽장 앞에 가서 "냥" 하고 울면 알았다는 듯이 문을 열어요. 벽장 맨 위 칸에 쌓여 있는 이불 제일 위까지 날쌔게 올라간 다음 안쪽으로 깊숙하게 들어가서 누워요. 그럼 밖에 있는 하얀 것도 보이지 않아 한숨 돌릴 수 있어요.

밖에 있는 하얀 것을 사람들은 '눈'이라고 부르더라고요. 사실 전에는 그렇게 무섭지 않았어요. 에리와 함께 밖에 나가 눈 속을 산책한 적도 있으니까요. 하얀 곳은 뛰어들고 또 뛰어들어도 폭신폭신해서 재미있었어요.

그럼 왜 갑자기 무서워하게 되었을까요? 에리 말로는 작년 여름에 천둥 번개가 크게 친 날부터인 것 같대요.

맞아요. 그날 정말 엄청 큰 천둥 번개가 치긴 했어요. 번쩍 우르르꽝 한 게 아니라 쿠르르르쿠쿵 버버버번쩍 찌억쩌억 콰광 했거든요. 천둥이 열 번이나 연속해서 치는 듯한 어마어마한 소리였어요. 어찌나 요란한 천둥 번개였는지 다음 날 동네에서도 화제가 되었대요. 에리도 깜짝 놀랐지만, 나는 천둥 번개가 치는 순간 너무 놀란 나머지 허리의 힘이 쭉 빠져버렸어요. 그리고 바닥에 축 늘어져서 다리를 움직일 수 없었어요. 걸으려고 해도 몸을 일으키지 못해 아기가 배밀이하듯이 움직여야 했어요. 정말로 무서웠어요. 역시 한동안 방 한쪽 구석에서 숨을 죽이고 있었어요.

그 이후로 바깥 풍경이 평상시와 달라지면 무서워요. 이제 눈은 진짜 무섭고요. 보통 때는 여러 색깔을 지니고 있는 풍경이 전부 하얀색으로 바뀌다니, 정말 이상하지 않아요?

"마시멜로 세상이 되어 진짜 예쁘다."

에리는 좋아하지만, 무슨 그런 심한 농담을 하는지.

오늘 내린 눈은 사라지려면 시간이 좀 걸릴 듯하네요. 한동안은 벽장에 들어가 있어야겠어요. 따뜻한 봄이 빨리 왔으면.

카르송 caleçon을
입은 듯한 뒷모습이
정말 귀여워~

눈빛으로 어필하기

놀고 싶을 때, 화가 났을 때, 쓰다듬어주길 바랄 때,
무조건 관심받고 싶을 때 눈을 동그랗게 크게 뜨고
쳐다보면서 호소한다. 고양이가 똑바로 쳐다보면 잘못한
것이 없는데도 나도 모르게 쩔쩔맨다. 그리고 순순히
복종하면서 뭐든지 말하는 대로 다 들어주고 싶어진다.

냐아~

나를 정면에서
뚫어지게
쳐다본다.

이불을 개고 있을 때

활짝 펴진 이불 위에
누워
이런 표정을 짓는다.

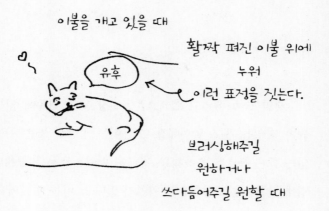

유후

브러싱해주길
원하거나
쓰다듬어주길 원할 때

어이, 이봐

잠깐 쓰레기를
버리고 돌아왔더니
현관에 앉아
화를 내고 있었다.

우아한 걸음으로

캣워크catwalk라고 있지요? 공연장 무대 위쪽에 있는 좁은 작업용 통로 말이에요. 고양이는 정말로 높은 곳에 있는 좁은 통로를 좋아해요. 지금은 반려동물용품 중에도 집에 설치하는 고양이용 캣워크가 있대요. 나는 몰랐어요. 우리 집에는 고급스러운 반려동물용품이라곤 아예 없기 때문에 있는 것으로 대용하고 있어요.

내 캣워크는 다락방에 쳐놓은 울타리예요. 1층 바닥에서부터 3미터 정도 되는 높이에 있고 폭은 15센티미터라서 딱 적당해요. 산속 집에 이사를 와서 가장 마음에 들었던 것이 다락방 울타리와 다락방으로 올라가는 사다리였어요. 사다리쯤이야 꼭대기까지 단 2초 만에 다다다다 올라갈 수 있어요.

하지만 처음으로 다락방 울타리에 올라가 걸었을 때 아래에서 보고 있던 에리가 소스라치게 놀랐어요. 너무 높고 위험해 보이니까요. 깜짝 놀란 나머지 숨도 못 쉬고 목소리도 내지 못했어요. 다락방은 ㄴ자 모양으로 되어 있어서 울타리도 직각으로 꺾여 있어요. 직각 모서리 부분에 기둥이 있어 앞으로 걸을 수 없어서 모서리 기둥을 훌쩍 뛰어넘었어요. 그랬더니 아래에서 내 하얀 배가 보였던가 봐요. 에리는 기겁해서 얼굴에 핏기마저 싹 사라졌어요.

"도레짱, 조심해. 떨어지면 큰일 나."

무슨 소리예요? 이 정도로 떨어질 리 없잖아요. 잘 봐요. 이 우아한 걸음걸이를. 이게 바로 내 특기인 쿨 스트러팅cool strutting이라고요.

요즘에는 에리도 이런 나에게 적응했는지 내가 울타리에 앉아 가만히 아래를 내려다보거나 사다리를 뛰어 올라가도 아무렇지 않은 얼굴을 하고 있어요.

놀이

심심해서 놀고 싶으면 등을 위로 쭉 끌어올려 두두두
두 걸으면서 알려요. 에리는 처음에 이 자세와 움직임을 보
고 놀랐지만, 요즘에는 이 동작의 뜻을 알았는지 이렇게 물
어요.

"같이 놀자고?"
"몰라서 묻는 거냥!"

그럼 나는 이렇게 반응하고 바로 준비 자세를 취해요.
좋아하는 놀이는 봉 끝에 달린 빨간 끈 쫓기와 날아간
고무줄 가져오기예요.
에리는 놀아주는 데 참 서툴러요. 봉을 흔들면서 끈을

이리저리 움직이다 보면 끈이 점점 봉에 엉켜서 놀 수 없게 되거나 손가락 대포로 고무줄을 멀리까지 보내려다가 자기 얼굴로 튀어서 아파해요. 작은 공도 잘 못 던져요. 더 멀리 던져주면 좋겠는데 꼭 자기 바로 앞쪽 바닥에 떨어트린다니까요. 에리도 자기가 제대로 못 놀아준다는 것을 아는지 "으악, 안 돼, 안 돼." 이래요. 조금이라도 놀이에 능숙해졌으면 좋겠어요. 나는 엉덩이를 실룩실룩하면서 준비하고 있다가 에리가 그러면 맥이 빠지거든요.

봉 끝에 달린 빨간 끈은 부드럽고 가는 명주 끈이에요. 다른 끈이 달린 장난감도 사주지만, 역시 이 빨간 끈이 가장 마음에 들어요. 끈이 엉키거나 떨어지면 에리는 열심히 고쳐요. 그러면 나도 에리가 고치는 줄 아니까 옆에 앉아서 얌전히 기다려요. 방해하면 고치는 시간만 늘어날 뿐이니까요. 에리는 벽장에 이 빨간 끈을 많이 숨겨놓았어요. 나는 벌써부터 알고 있었지요.

빨간 끈만 가지고 장난치고 노는 것도 좋아하는데 에리는 끈 끝에 다양한 물건을 달아요. 그것도 색다르니까 흥분되더라고요. 주로 커다란 종이나 털실로 짠 공 같은 거예요. 인형 쥐나 실리콘 고무로 된 기린을 달아주어 놀았던 적도 있어요. 하지만 소나무 잎 다발이나 솔방울 같은 자연에 있는 것을 달아주면 이상하게 더 기분이 격앙되더라고요. 평범한 나뭇가지도 괜찮아요. 손에 잡히면 정신없이 잘근잘근 씹어요.

고무줄로는 에리가 멀리 날리면 가져와서 건네주고 다시 날리면 가져오는 놀이를 했어요. 내가 가장 잘하는 놀이가 바로 '고무줄 가져오기'였어요. 에리는 고무줄을 물고 당당하게 돌아오는 모습이 정말 귀엽다면서 참 좋아했어요. "넌 진짜 천재야." 이런 칭찬도 하고 말이에요. 하지만 내가 고무줄을 좋아하다 못해 잘근잘근 씹어 자르는 것을 본 다음부터는 고무줄로 놀아주는 걸 그만두었어요. 내가 고무줄을 먹기라도 하면 정말 위험하다고 생각했나 봐요. 안 먹을 테니까 다시 고무줄을 날려주었으면 좋겠는데 이제는 안 되겠지요?

대신에 플라스틱 도넛이나 작은 도구로 프로펠러를 돌

려서 날리면서 놀아주어요.

아, 맞다. 노란 작은 새가 파닥파닥 날개를 움직이며 날아가는 장난감도 있었어요. 이게 최고였어요. 에리가 고무줄을 돌돌 감아 "자, 간다~" 하면서 작은 새를 날리면 나는 방 저쪽 끝까지 쏜살같이 쫓아가요. 근데 에리는 작은 새로 함께 놀면 집 여기저기를 끝도 없이 왔다 갔다 해야 하니까 힘들다고 하더라고요.

그러던 어느 날 내가 너무 흥분한 나머지 작은 새 위로 올라타버렸어요. 그러자 날개가 몸통에서 분리되어 다시는 날지 못하게 되었지요. 속상했어요. 에리, 작은 새를 다시 사주면 안 될까요?

공중에 높이 던지기

안기는 건 별로 좋아하지 않지만, '공중에 높이 던지기' 놀이는 좋아해요.

"높이, 더 높이!"

에리는 이렇게 말하면서 세 번 연속 공중에 던져요. 붕하고 공중에 뜨는 그 순간이 재미있어요. 에리를 내려다볼수 있어 무엇보다 기분이 좋아요. 공중에 높이 던지기 놀이가 끝나고 바닥에 내려주면 에리 다리에 달라붙어서 또 해달라고 부탁해요. 하지만 왜 그런지 해주지 않아요. 세 번이면 충분하다고 생각하는 걸까요?

공중에 높이 던지기 놀이 외에는 '시계추 놀이'랑 '그네 놀이'도 좋아해요. 시계추 놀이는 겨드랑이를 잡고 들어서 좌우로 흔들흔들 흔드는 놀이예요. 몸이 쭈욱 늘어나니까 시원해요. 그네 놀이는 앞뒤로 흔드는 놀이예요. 이것도 좋은 스트레칭 운동이에요.

어떤 놀이든 가끔 이렇게 해주면 오랜만에 즐겁게 잘 놀았다는 기분이 들어요. 하지만 어쩌다 한 번이니까 조금 아쉬워요.

충돌묘

장난감이나 리본, 좋아하는 고무줄로 같이 놀다 보면
도레미는 벽, 창문은 물론 가구와 가전제품 등에도 쉴 새
없이 쾅 부딪힌다.
부딪혀도 별로 아파하지도 않고 태연하게 있으니 그냥
놔두어도 괜찮겠지.

고무줄이 날아와서

뒤돌아서 재빠르게 달려가려던 순간, 스토브에 충돌!

쾅!!

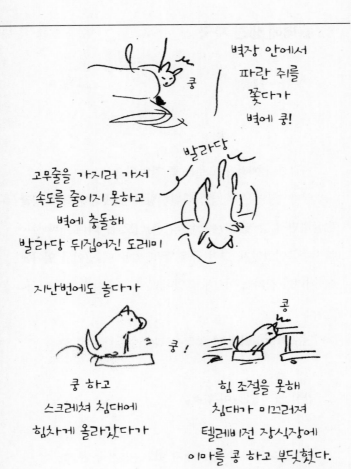

벽장 안에서
파란 쥐를
쫓다가
벽에 쿵!

고무줄을 가지러 가서
속도를 줄이지 못하고
벽에 충돌해
발라당 뒤집어진 도레미

발라당

지난번에도 놀다가

쿵!

쿵

쿵 하고
스크래쳐 침대에
힘차게 올라갔다가

힘 조절을 못해
침대가 미끄러져
텔레비전 장식장에
이마를 콩 하고 부딪혔다.
어이가 없어서 몰래 웃었다.

흙벽에 생긴 자국

지금까지 에리가 모르는 줄 알았어요.

얼마 전 다른 때처럼 다다미방에서 에리와 함께 뒹굴 뒹굴하면서 밥 딜런Bob Dylan의 〈블러드 온 더 트랙Blood on the Tracks〉이었던가, 그런 곡을 듣고 있을 때 일어난 일이에요. 에리가 갑자기 이렇게 물었어요.

"도레짱, 이 벽에 난 자국은 뭐야?"

깜짝 놀라 가슴이 철렁.

"세 줄 나란하게 쭉 그어져 있는 이 자국, 도레짱이 낸 거지?"

흠, 다른 가능성은 없어 보이네요.

"잘 보면 말이야, 세 개 나란하게 있는 도레짱의 발톱 자국이 벽에 몇 개나 있다니까."

결국 들켰군요.

"엄마랑 있을 때는 한 번도 그러지 않잖아."

나왔다. 엄마. 에리가 자신을 엄마라고 부를 때는 조금 두려워요. 이제부터 설교가 시작되려나 봐요.

그거야, 현장을 들키면 못하게 막으니까 에리가 있을 때는 당연히 안 하지요.

"혼자 집 볼 때 그랬구나."

네, 뭐, 그렇습니다.

"이 자국은 힘이 엄청 들어갔을 것 같은데."

벽에 길고 깊게 쭈욱 생긴 자국을 가리키면서 에리가 조용조용 이야기했어요.

변명은 아니지만, 혼자 있다 보면 가끔 흥분될 때가 있어요. 그걸 진정시킬 사람은 아무도 곁에 없지요.

너무 신나서 우와 하고 방 안 여기저기를 뛰어다니다 이 벽까지 도달해 벅벅. 흙벽이 거칠거칠하니까 발톱을 세우고 갈면 적당한 저항력으로 발톱이 갈려서 기분이 좋아요. 창문 아래니까 높이도 적당하고요. 벅벅, 끼익끼익, 이야, 기분 좋다. 이렇게 되는 거죠.

집을 볼 때 유일한 스트레스 해소 방법이라고 할까요. 다른 벽이나 문, 가구는 벅벅 긁은 적 없으니까 좀 봐주지 않을래요?

에리가 계속 잔소리하려나, 그럼 안 되는데, 지금은 일단 다락방으로 피신하는 게 좋겠다 싶어 슬쩍 한 발을 떼었어요. 그 순간 에리도 일어나더니 정말 못 말린다면서 내 간식이랑 자기 간식을 가지러 주방으로 가더라고요.

휴, 오늘은 일단 이걸로 한숨 놓았다냥.

키보드

테이블 위에는 늘 맥북 프로 MacBook Pro가 놓여 있는데 그 키보드에 누우면 잠이 솔솔 와요. 잠을 자지 않더라도 키보드 위에서 식빵 굽는 자세를 하고 있으면 이상하게 마음이 차분해지더라고요. 화면이 병풍처럼 세워져 있어 요새에 숨어 있는 기분이 들거든요.

식빵 굽는 자세를 하고 있으면 어떤 자판이 눌리는지 모르겠지만 '포포포포포포포포포포'라든지 '돗도돗도도 도도도도도도' 같은 소리가 나서 재미있어요.

그럴 때마다 에리는 "안 돼~" 하면서 나를 키보드 위에서 밀어내요. 정말 못됐어요. 모처럼 휴식을 취하는 중이었는데. 하지만 나는 밀어내도 쫓아내도 기회를 엿봐 다시 키보드로 올라가요. 그 위는 정말 편안하니까요.

키보드에서 쉬고 나면 에리는 항상 내가 자판을 눌러 생긴 글자를 열심히 지워요. 그런데 몇 번인가는 쉽게 안 지워지는지 누군가에게 전화해서 방법을 알려달라고 한 적도 있었어요. 글자를 치는 것도 모자라 더 중요한 자판을 눌러버렸나 보지요. 후훗.

"으이그, 정말."

에리는 툴툴대지만, 나랑은 상관없는 일이에요.

에리가 키보드를 치면서 일하고 있으면 그 위에서 잘 수가 없으니 나는 일부러 밟으면서 지나가요. 에리는 아악, 하면서 화를 내지만 모른 척해요.

근데 가끔 에리가 글을 쓰고 있을 때 내가 억지로 비집고 들어가 친 글자를 그대로 친구인 히로리 씨에게 보낼 때가 있더라고요. '이건 도레짱이 보내는 메시지랍니다' 이렇게 적어서요.

도대체 에리는 무슨 생각인 걸까요? 내가 친 글자는

난해한 데다가 실제로는 의미도 없는데 말이에요. 혹시 히로리 씨도 일일이 대꾸하기 힘들지 않을까요? 에리를 대신해 사과할게요.

덴부쿠로

어제 에리가 평상시에는 닫아놓고 지내던 문을 열고 뭔가 하고 있었어요. 그걸 보니 너무 궁금하더라고요. 그래서 계속 물어봤어요.

"뭐 해? 뭐 하는 거야? 뭐 하냐니까?"

에리는 큰 사다리 위에 올라가서 천장 바로 아래에 있는 벽장을 열고 짐을 넣었다 뺐다 했어요.

"여기는 덴부쿠로天袋°라고 부르는 벽장이야."

아, 그렇구나. 몰랐네. 저런 곳도 벽장으로 쓰는구나.

"도레짱, 궁금해?"

에리는 조금 높은 의자를 가져와 자기가 올라가 있는
사다리 옆에 놓고 나를 앉혔어요. 근데 이런 의자는 아무
쓸모가 없어요. 덴부쿠로에 전혀 닿지 않으니까요. 이상하
게 나를 무시한다는 기분이 들었어요. 여전히 에리는 사다
리에 올라탄 채로 덴부쿠로 안에 있는 상자를 꺼내 뭔가를
찾고 있었어요. 도대체 뭘 하는 거지? 너무 궁금하다!

냐아 냐아 냐아 냐아 냐아 냐아 냐아.

다음 순간, 더 이상 참지 못하고 의자에서 맹장지 문을
지나 벽장까지 단숨에 뛰어 올라갔어요. 에리는 깜짝 놀랐
지요.

° 방의 상부나 천장 바로 아래에 만들어진 수납장을 말한다. 본래는 일본식 전통
다다미방에서 꽃 등을 장식하는 도코노마床の間 옆 수납공간 상부에 설치하는
장을 말했지만, 지금은 벽장 위 천장에 면해서 설치하는 장을 의미할 때가 많다.

"꺄악. 도렛티, 이렇게 높은 곳까지 올라온 거야?"

보고 싶은 게 있으니까 올라왔을 뿐이에요. 에인트 노 마운틴 하이 이너프 Ain't no mountain high enough. 그렇게 높지 않아요. 그러자 에리는 "그렇게 소원이라면"이라고 하더니 나를 안아 올려 벽장 안을 왼쪽, 오른쪽, 안쪽까지 구석구석 보여주었어요. 덴부쿠로 안은 상자와 케이스로 가득했어요.

에리가 빠짐없이 다 보여주어서 그랬을까요? 궁금증이 완벽하게 다 풀려 벽장에는 흥미를 잃어버렸어요. 그래서 에리가 바닥에 내려주자마자 주방에 가서 뒹굴뒹굴했답니다.

"으이그, 방해나 하고."

에리는 툴툴거렸지만요.

작은 새 노리기

도레미가 창밖에 있는 작은 새를 뚫어지게 쳐다보고 있다.
엉덩이를 실룩실룩하고 이상한 소리를 내면서.
창문으로 재빨리 달려가 유리에 바짝 붙어 있는가 싶더니
어느새 바로 옆까지 다가온 동박새를 위협하는 도레미.

밖을 날아다니는
새를 보고 있다.

작은 새가 날아오면
싫증나지도 않는지
뚫어지게 쳐다본다.
'케케켁' 하고
소리를 내면서.

엉덩이
실룩실룩

꼬리
흔들흔들 →

뭔가
노리는데.

그러지 마.

그렇게 무섭게 하면 작은 새들이 놀라 다시는 오지 않잖아.

이렇게 생각했는데 동박새도 참 대단하다. 유리문 안쪽에

있는 고양이 따위에는 아랑곳하지 않고 천연덕스럽게

여전히 찾아온다.

그러지 마.

탈주

지금까지 이 집에는 많은 고양이가 찾아왔어요. 다른 고양이가 우리 집 정원이나 베란다까지 오다니. 이유를 막론하고 마음에 들지 않아요. 누구 허락을 받고 온 거야? 다른 고양이가 나타날 때마다 화가 나서 다짜고짜 집 안을 뛰어다녔어요. 그러면 꼬리는 빗처럼 뚱뚱하게 부풀어 오르고 평소의 예쁜 목소리 대신에 미묘하게 낮은 목소리가 나와요. 마음이 불안해 안절부절못하니까 정말로 싫어요.

크고 검은 고양이는 몇 번이나 찾아왔어요. 꼭 베란다까지 올라와 유리문 바로 밖에서 나를 뚫어지게 쳐다봐요. 유리 저편에서 나한테 뭐라고 말까지 해요. 온몸이 다 검고 몸집도 목소리도 커서 진짜 무서워요. 검은 고양이가 오면 에리 뒤나 안 보이는 곳으로 몸을 숨겨요. 그러는 나를 보고 눈치 없는 에리는 태연하게 말해요.

"검은 고양이가 도레짱을 좋아하나 봐. 안녕 하고 인사
해줘."

미안한데 그렇게는 못하겠네요. 나는 친구가 될 마음
이 없으니까요.

검은 고양이말고도 조용히 베란다에 앉아 움직이지도
않고 나를 뚫어지게 쳐다보는 삼색 고양이나 눈을 꿈뻑꿈
뻑하면서 코맹맹이 소리를 내는 치즈 태비도 자주 왔어요.
내 입장에서는 전원 아웃. 모두 무시. 에리가 방문묘에게 일
일이 말을 거는 것도 탐탁지 않아요. 고양이라면 오직 나만
바라보면 될 텐데.

그런데 어느 날 처음 보는 아기 고양이가 찾아왔어요.
하얀색이 많은 들어간 치즈 태비였어요. 나는 집 안쪽에서
바깥을 보고 있었는데 이런 생각이 들더라고요. '이 녀석
정도는 이길 수 있겠는데.' 더 이상 고양이가 베란다에 찾

아오는 걸 참을 수 없기도 했으니까요. '이 녀석, 물리치자' 하고 마음먹었어요.

아기 고양이가 베란다 계단 제일 위까지 올라왔어요. 그때 마침 에리가 새 모이를 바꿔주려고 나가려다가 고양이를 발견하고는 "어머, 꼬맹이. 어서 와"라고 말하면서 베란다로 통하는 유리문을 살짝 열었어요.

나는 이때를 놓치지 않았어요. 쏜살같이 달려 살짝 열린 유리문의 좁은 틈으로 빠져나갔어요. 그리고 꼬맹이 고양이를 공격하러 돌진했어요. 아마 1-2초 사이에 벌어진 일일 거예요. 나와 꼬맹이 고양이는 갸오오, 냐오오 포효하면서 한 덩어리로 뒤엉켜 정원을 벗어나 앞집 부지까지 넘어갔다가 더 멀리까지 날아갔어요. 에리는 놀란 정도가 아니라 완전히 혼비백산했지요. 눈 깜짝할 사이에 내가 눈앞에서 사라졌으니까요.

꼬맹이 고양이는 바로 어딘가로 가버렸지만, 나는 홀로 바깥세상에 처음 나왔기 때문에 한참 즐겼어요. 사방천지가 다 수풀이라서 놀기 딱 좋았거든요. 몸의 모든 근육을 사용해 전속력으로 달리니 어찌나 기분이 좋은지. 폴짝폴짝 뛰어다녔어요.

그러는 사이 에리의 기분이 어땠을지 떠올리면 조금 안쓰럽기는 해요. 내가 뛰쳐나간 뒤 에리는 절망한 나머지 한동안 망연자실한 상태로 있었대요. 그때 창밖 저 멀리에서 정신없이 휘달리는 내 모습이 보였다고 하더라고요. '저렇게 날뛰는 애를 어떻게 잡을 수 있겠어?' 이렇게 생각했을지도 모르죠. 그래도 잠자코 있을 수만은 없다며 장화를 신고 나를 찾아 나섰대요.

"도레짱, 도레짱!"

이름을 부르면서 여기저기 찾아다니다가 수풀 너머까지 가서 밖에 나와 있던 동네 아주머니에게 물어봤대요.

"혹시 고양이 보셨어요?"

에리도 참, 그것도 질문이라고. 이 주변에는 고양이들이 어슬렁어슬렁 많이 돌아다니니까 그렇게 물어보면 별 도움이 되지 않는다고요. 아주머니는 당연히 이렇게 대답할 수밖에 없었어요.

"이 주변에는 고양이가 많아서 잘 모르겠네요."

마을회관 근처에서도 내 이름을 부르며 돌아다니니까 마을회관에서 다도 모임에 참석한 분들이 깜짝 놀랐다고 하더라고요. 이곳에 이사를 온 지 한 달도 안 되었을 때니까 아직 지역 주민들도 아는 사람이 없었겠지요.

에리는 울먹이면서 한 시간 정도 돌아다녔지만 나를 어디에서도 찾을 수 없었어요. 이대로는 안 되겠다 생각한 에리는 집으로 돌아가 '고양이를 찾습니다' 전단지를 만들기로 하고 울면서 맥북 프로에서 제 사진을 골라 전단지에 넣었대요.

고양이를 찾습니다

10월 20일(금요일) 아침 9시 넘은 시각에 집을
나갔습니다.
발견하시면 꼭 연락 부탁드립니다.

전화 ○○○ ○○○○ ○○○○ 히라노

· 이름: 도레미
· 색: 흰색 고등어 무늬
· 암컷, 한 살
· 빨간색과 하얀색이 섞인 목걸이를 하고 있고
  이름표를 달고 있습니다.
· 겁이 무척 많은 아이입니다.

한 시간 정도 걸려서 고양이를 찾는 전단지를 완성해 창가에 놓인 프린터로 출력을 시작했을 때였어요. 갑자기 에리의 귀에 무슨 소리가 들렸어요.

"냐아~"

바로 내 울음소리였어요.

그 소리에 에리는 창밖을 살펴보다가 아무도 없는 옆집 별장 베란다 울타리에서 얼굴을 내밀고 울고 있는 나를 발견했어요. 에리는 곧바로 전단지 출력을 멈추고 장화를 신고 집에서 허겁지겁 나왔지만, 전혀 서두르지 않고 침착한 척 천천히 내가 있는 쪽으로 왔어요.

"도레짱!"

차분한 목소리까지 내면서 말이에요. 실제로는 마음이 너무 조급한 나머지 심장이 조마조마했을 거예요. 다시 전속력으로 달려서 먼 곳으로 가볼까 했지만 좀 피곤하기도 하고 이제 슬슬 집에 돌아가야겠다 싶어 쭈그리고 앉아 기다리는 에리 쪽으로 슬금슬금 다가갔어요.

가까이 다가가 에리 무릎에 몸을 비비니까 지금까지 태연하게 있던 에리가 갑자기 잽싸게 움직이더니 나를 번쩍 안아 올렸어요. 뭐야, 역시 느긋한 척 연기한 거였잖아.

그러고는 나를 꼭 끌어안아 집으로 연행했어요. 현관에 들어서자마자 문을 닫고 열쇠까지 채우더니 한참 혼낸 후에야 바닥에 가만히 내려주었어요.

바깥에서 얼마나 열심히 뛰어다녔는지 배와 다리에 작은 풀의 씨앗들이 빽빽하게 붙어 있었어요. 게다가 이슬에 젖고 발에는 흙까지 묻어 있어 에리가 "하아" 한숨을 쉬면서 젖은 수건으로 닦아주었지요.

그 일 이후, 에리는 동전 모양의 전파 탐지기를 사서 내 목걸이에 걸어주었어요. 작은 리모컨을 조작하면 목에 걸려 있는 동전이 삐리리 하고 울려요. 내 탈출로 정말 큰 충격을 받았나 봐요. 탐지기는 별로 거슬리지 않았는데 시간이 좀 지나니까 떼어주더라고요.

어찌된 일인지 목걸이까지 빼서 지금은 목에 아무것도 달고 있지 않아요. 이렇게 된 데는 릴리 씨 이야기가 한몫했던 것 같아요. 목걸이 때문에 사고가 날 수도 있어 릴리 씨는 고양이 목에 아무것도 달아주지 않는다고 했거든요. 에리가 고급 백화점 이세탄伊勢丹에서 샀다고 한 빨간색과 하얀색이 섞인 고무 목걸이는 나한테 참 잘 어울렸는데. 목걸이에 달려 있던 이름표는 에리가 형태와 소재는 물론 글자까지 신경 써서 골라 주문한 것이었어요. 이제 나는 목에 아무것도 없어 홀가분하지만요.

그건 그렇고 혼자 밖에서 보낸 그 두 시간은 정말로 즐거웠어요. 기회가 있다면 한 번 더 홀로 외출하고 싶어요. 근데 에리가 슬퍼하니까 한동안은 참으려고요. 근처에 사는 고양이가 또 찾아왔을 때나 노려볼까 싶어요.

프린세스 천공 사건

　그 사건은 이 집에 이사를 온 지 얼마 되지 않았을 때 벌어졌어요. 당시에는 날씨가 좋은 날에 베란다에 잠깐씩 나갈 수 있었어요.

　베란다에 나갈 때는 빨간 줄무늬의 부드러운 하네스를 몸에 착용했어요. 하네스는 성가시고 싫지만, 안 입으면 베란다에 나갈 수 없으니까 울며 겨자 먹기로 입었어요.

　평소에는 베란다에서 에리와 함께 시간을 보내는데, 그날은 옆집 부부가 정원에 찾아 와서 에리는 하네스 끈을 베란다 테이블 다리에 걸어놓고 정원으로 서둘러 나갔어요. 그때부터 셋이 수다를 떨기 시작하더라고요. 나만 베란다에 달랑 놔두고 말이에요.

　나는 손님이 무서우니까 가능하면 집에 들어가고 싶었

어요. 하지만 하네스 때문에 이러지도 저러지도 못했지요. 에리가 베란다로 돌아올 기미는 전혀 보이지 않아 어떻게 든 집 안으로 들어가야지 생각했는데 갑자기 하네스가 훌 러덩 벗겨지더라고요. 그래서 겨우겨우 유리문까지 갈 수 있었어요. 근데 하필이면 집 안으로 통하는 유리문이 닫혀 있었어요. 이러면 아무데도 갈 수 없잖아. 정원에는 세 사 람이 이야기하고 있으니까 내려갈 수도 없고. 어쩔 수 없이 유리문에 딱 달라붙어 앉아 에리를 한참이나 기다렸어요.

드디어 수다가 끝나고 베란다로 돌아온 에리는 나를 보더니 깜짝 놀라 그 자리에서 얼어버렸어요. 제대로 입힌 줄 알았던 하네스가 벗겨진 채, 내가 유리문 근처에 앉아 있었으니까요.

"으악, 도레짱. 하네스 벗겨졌어?"

내가 아무 데도 가지 않아 천만다행이었지요.

그날 이후 한동안 에리는 나를 프린세스 천공プリンセス

天功°이라고 불렀어요.

이것이 프린세스 천공 사건의 전말이랍니다.

° 프린세스 천공은 물속에서 빠져나오거나 폭발과 같은 극한 상황에서 탈출하는
탈출 마술이 주특기인 일본의 마술사다. 1대 프린세스 천공은 1950년대-1970년
대에 활동했으며 1980년부터는 2대 프린세스 천공이 탈출 마술을 이어가고 있
다. 지은이는 도레미가 하네스를 풀고 탈출한 것이 마치 탈출 마술을 부려 순간
이동한 것처럼 보여 이렇게 부른 것으로 보인다.

문쨩

어느 날, 커다란 종이 상자가 우리 집에 배달되어 왔어
요. 상자 가득 채워져 있던 완충재에서 모습을 드러낸 것은
고양이 문쨩ムンちゃん. 조각가 오치 가스미越智香住 씨의 작품
으로 에리가 도쿄에 있는 화랑에서 힘들게 구해왔대요.

얼굴이 둥글고 몸체가 큰 듬직한 체격의 문쨩. 에리는
앉은 자세로 자기를 똑바로 바라보는 문쨩의 눈이 좋다면
서 홀딱 빠졌어요. 작품명은 '오레俺°'인데 '오레쨩'이라고 하
면 부르기가 좀 그랬는지 '문쨩'이라는 별칭을 붙였어요. '오

° '나'라는 1인칭 대명사로 과거에는 남녀 구별 없이 사용한 말이었지만, 지금은 주
로 남성이 동년배 혹은 아랫사람이 있는 격식 없는 자리에서 자신을 칭할 때 쓴
다. 무례하고 거친 표현이기 때문에 모르는 사람 앞에서는 사용하지 않는 것이
좋다.

레'가 본명이고 '문짱'이 애칭인 거죠.

문짱이 집에 왔을 때부터 나도 문짱을 좋아하게 되었어요. 문짱 옆에 나란히 앉아 있는 모습을 에리가 기념사진으로 찍어주었어요.

난 말이에요. 문짱이 정말 좋아요. 그래서 문짱 귀에 자꾸 얼굴을 비벼요. 매일매일 문짱이 있는 곳에 가서 얼굴과 몸을 비비고 매달리고 하니까 문짱 귀는 벌써 반질반질해졌어요.

그러다가 얼마 전, 오랜만에 1박 2일로 혼자 집을 지키게 되었어요. 저녁에 에리가 돌아온 걸 보고 나는 휴 하고 안심했지만, 그런 마음을 솔직하게 표현하지 못하고 밥을 먹은 뒤 다시 다락방으로 올라가 한동안 토라져 있었어요. 그러다가 이제 슬슬 아래로 내려갈까 싶었던 때 사건은 벌어졌어요. 에리가 문짱에게 말을 거는 소리가 들렸어요.

"문짱은 참 착해. 세상에서 제일 착해. 정말 귀엽다."

내가 사다리 꼭대기에서 뚫어지게 쳐다보고 있는 것도
모르고 에리는 문짱의 머리까지 쓰다듬으면서 이렇게 말하
고 있더라고요. 하지만 나의 강렬한 시선이 느껴졌는지 에
리가 갑자기 휙 하고 뒤돌아봤어요. 그리고 나와 눈이 마
주쳤지요.

그때의 내 기분은 이루 말할 수 없이 복잡했어요. 거
의 이틀 내내 나 혼자 집을 봐서 에리가 돌아오고 이제 겨
우 안심했는데, 에리는 문짱이나 예뻐하고 있다니. 에리가
정말 미워요. 에리의 그런 모습에 나는 분명 엄청난 충격을
받은 얼굴을 하고 있었겠지요. 에리가 당황해서 말했어요.

"아, 도레짱 거기 있었어? 이리 내려와. 도레짱이야말로
그 누구보다 착해."

조금 전에는 문짱이 가장 착하다고 했으면서. 어떻게
이렇게 순식간에 말을 바꿀 수가 있지? 아차 하는 표정까
지 지으면서 미안하다니. 아, 화나. 문짱과 나, 진짜로는 누

가 일등이에요?

　대답을 듣기 전까지는 여기에서 안 내려갈 테야. 이렇게 마음을 먹었지만, 슬슬 잘 시간이니 용서해야겠다 싶어 이번에는 사다리에서 내려왔어요.

손을 가위 모양으로 만들어
얼굴을 감싼다.

스스로 쾌적하게

고양이 모습을 보고 있자면 언제나 쾌적하게 지낸다는
생각이 든다. 잘 때도 기분 좋은 듯 몸을 둥글게 말거나
몸을 대자로 쭉 뻗은 채 자고 그루밍할 때도 보면 거의
도취의 경지에 이른 듯하다.

입이 찢어지게 하품하기

요리조리

또한 하는 행동마다 유연하고 우아하다. 평생 자기 마음이
가는 대로 살아가겠지.
밖을 바라보다가 흥미를 잃으면 밥그릇이 있는 곳으로
훌쩍 가서 밥을 먹고 있다.
프리덤freedom의 극치다.

재미없어지면
밥을
먹는다.

병원

종종 병원에 가요. 외출이라고는 병원에 가는 일밖에 없어요. 전에는 주머니 모양의 이동장에 들어가 있으면 에리가 등에 메고 병원까지 걸어서 갔어요. 평소와는 다른 상황이 낯서니까 등에 업혀서 몇 번이나 물었어요.

"뭐냥? 왜 그러냥? 어디 가냥?"

그러면 에리는 이동장 바닥을 부드럽게 토닥이면서 말해요.

"괜찮아, 괜찮아. 내가 옆에 있을 거니까."

그래도 어찌나 불안한지.

산에 있는 집으로 이사한 뒤로는 주머니 모양이 아닌 사각형 모양의 이동장에 들어가 차를 타고 병원에 가요. 전에 살던 집에서는 매일 이동장에 들어가 집과 사무실을 왕복했기 때문에 이동장에는 익숙해져 있어요.

하지만 역시 병원에 가면 긴장해요. 병원에 도착해 집에 돌아갈 때까지 단 한 번도 목소리를 내지 않아요. 입을 꾹 다물고 옆에 있는 에리가 다른 데로 가지 않는지 잘 감시해요. 대기실에는 하아~하아~ 숨을 크게 쉬는 큰 개나 리드 줄을 걸고 돌아다니는 고양이도 있어 정신이 없어요. 나는 한결같이 존재감을 없애고 이동장 안에서 숨을 죽여요. 사교성이 전혀 없거든요. 자랑은 아니지만.

어느 날은 내가 병원에서 정말 조용히 있으니까 대기실에서 함께 기다리던 아주머니가 이러더라고요.

"고양이가 얌전하네요."

아주머니에게 안겨 있던 강아지는 불안한지 쉬지 않고 울고 있었어요. 그러니 강아지에 비하면 나는 확실히 얌전한 편이기는 하지요.

의사 선생님이 이름을 불러 진찰실로 들어가면 이동장에서 나와 혼자 진찰대에 올라가요. 이때는 너무 무서워 몸이 그대로 굳어버려요.

진찰대에 올라가면 의사 선생님이 나를 안고 배를 만지고 귀를 들추고 입을 크게 벌려요. 구해달라고 소리치고 싶은 마음이 굴뚝같은데 에리는 날 구해주기는커녕 의사 선생님과 아무렇지 않게 이야기하고 있다니까요. 가끔 웃기까지 하면서 말이에요. 내 기분은 몰라주고.

이쪽 사정은 봐주지도 않고 따끔하고 아픈 바늘로 찌를 때도 있어요. 그럴 때도 입을 꾹 다물고 참아요. 빨리 집에 갈 수 있도록 해주세요, 빨리 집에 갈 수 있도록 해주세요. 간절히 기도하면서.

진찰이 마무리되고 내 역할이 끝나면 진찰대에 이동장이 놓여요. 에리가 입구를 열면 재빨리 안으로 들어가요. 허둥지둥 후다닥.

　얼른 이동장 입구를 닫아줘요. 이대로 차를 타고 서둘러 집으로 돌아가요. 집에 가면 내가 가장 좋아하는 간식을 주어야 해요. 꼭이에요, 꼭.

붕대 옷

태어난 지 6개월 정도 되었을 무렵 중성화 수술을 받았어요. 수술 뒤 2주 동안은 붕대 옷을 입고 지냈지요. 그 가운데 후반 일주일은 붕대 옷이 너덜너덜했어요. 다 해진 붕대가 웃기다면서 에리는 사진을 수도 없이 찍었어요.

처음에는 붕대 옷이 제법 어울렸어요. 홀터넥halter neck 으로 된 점프 슈트jump suit°를 입은 것 같았지요. 붕대로 조금 높게 감긴 목과 대담하게 벌어진 어깨가 미스매치 mismatch여서 꽤 섹시했어요.

상처가 다 아물고 드디어 의사 선생님이 붕대 옷을 벗

° 홀터넥은 팔과 등이 드러나고 가슴 부분의 앞판이 양 갈래 끈으로 이어져 목뒤로 묶는 옷이며, 점프 슈트는 상하의가 연결된 형태의 옷을 말한다.

겨주었을 때 에리는 '기념'이라면서 너덜너덜한 붕대 옷을 받아 왔어요.

붕대 옷은 한동안 장난감 바구니에 들어 있었는데 가끔 생각이 나면 그걸 끄집어내 물어뜯고 엉망으로 찢어놓았어요. 별로 좋은 추억이 담긴 물건도 아니니까요.

수술 후 일주일

붕대 옷을 입고
밖을 응시하는 도레

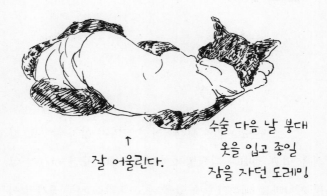

↑
잘 어울린다.

수술 다음 날 붕대
옷을 입고 종일
잠을 자던 도레밍

붕대 옷에
솔을 덮고
자는 도레

집 보기

집 보기는요, 짧은 시간이라면 그다지 싫지 않아요. 간식을 먹고 침대나 다락방에서 잠을 자다 보면 시간이 금방 가니까요. 에리가 돌아왔을 때도 의외로 기분 좋게 맞이할 수 있어요. 현관까지 마중을 나가지는 않지만요. '돌아왔네' 하면서 곁눈질할 뿐이에요. 혼자 집을 보면 보상으로 간식을 주니까 허락할 수 있는 범위예요.

하지만 집 보는 시간이 길든 짧든 싫은 게 있어요. 바로 '혼자 집 봐야 하는구나' 하고 눈치를 챌 때예요. 에리가 평소와는 다르게 분주하게 움직이면서 화장대에서 화장하거나 옷을 갈아입으면 '곧 외출하려나본데' 하고 알아채거든요. 가방까지 들고 있으면 더욱더.

그럴 때는 저항하는 최소한의 표시로 다락방으로 통

하는 사다리 꼭대기에 올라가 있거나 다락방 울타리 위에 올라가 에리를 가만히 노려봐요. 영국 작가 루이스 캐럴Lewis Carrol의 『이상한 나라의 앨리스Alice's Adventures in Wonderland』에 나오는 체셔 고양이Cheshire cat 자세를 하고 말이에요. '다녀오겠습니다 포옹' 따위 쉽게 허락할 수 없으니까요.

"잠깐 다녀올게."
"금방 올 거야."

이렇게 말할 때는 정말로 근처에 장을 보러 가는지 에리는 금방 돌아와요.

"어두워지기 전에 올게."

이러면 시간이 조금 걸릴 때. 안 좋은 예감이 들 때는 이럴 때예요.

"내일은 돌아올 거야."

더 최악인 경우도 있어요.

"내일 밤에는 돌아올 거야."

하룻밤도 모자라 어두워질 때까지 혼자 집을 봐야 한다니. 이건 정말 최악이에요. 뭔가 에리의 움직임이 미심쩍다 싶으면 어느새 밥그릇이 다른 때보다 두세 개 더 놓여 있어요. 그럼 점점 더 수상해지지요. 오늘 밤에 안 돌아올 모양인데? 게다가 내가 좋아하는 새우크림스프나 닭가슴살에 가리비를 섞은 것, 구운 다랑어 같은 밥만 담겨 있다면 더더욱 그렇지요. 수상한 낌새가 풀풀 풍기는데 내가 속도 없이 좋아할 줄 아는가 보죠. 분하기는 해도 역시 밥은 맛있으니까 에리가 돌아올 즈음에는 언제나 밥그릇이 텅텅 비어 있어요. 그럼 집에 돌아온 에리가 밥그릇을 보고 말해요.

"도레짱, 평소보다 밥을 두 배나 많이 담아 놓았는데 깨끗이 다 먹었구나."

외출할 때는 걱정되니까 다른 때보다 밥을 많이 담아 둔대요. 그거야 뭐, 밥그릇에 담아준 거는 남기지 않고 다 먹어야지요. 혼자 집을 볼 때만 그러는데 혹시 무슨 불만이라도 있으신지.

밤새워 꼬박 혼자 집을 본 날은 에리가 집에 돌아와도 좋아하는 티는 내기 싫어요. 그래서 에리가 방에 들어오면 스윽 도망쳐요. 사다리를 타고 다락방으로 올라가 숨어버리지요. 그럼 에리도 쫓아와요. 코트도 벗지 못한 채 사다리를 타고 말이에요. 에리가 다락방까지 올라오면 나도 모르게 발라당 드러누워 쓰다듬도록 놔두는 게 아직 내 야무지지 못한 부분이지만요.

에리는 밥 잘 먹고 있어서 다행이라면서 "아직도 배고프지?" 하고 물어보고 간식을 더 준다고 해요. 그럼 마음이 풀어져 사다리를 타고 내려가요.

"밖에서 일하는데 얼마나 외로웠는지 알아? 도레짱은 뭐 하고 있을까 걱정했어."

이런 에리의 말을 들으면서 간식을 먹으며 화해해요. 이걸로 집 보기 안건은 일단락이 됩니다.

점점 작아지는 목소리

무언가 하고 싶은 말이 있는 듯 나한테 와서 큰 목소리로
"냐아옹~!" 하고 울길래 "왜?" 하고 물어봤더니 이번에는
중간 정도 크기의 목소리로 "냐아" 하고 말했다. "그러니까
왜?" 하고 조금 짓궂게 다시 물었더니 불안한 표정을
지으며 "냐" 했다. "뭐라고?" 되물었더니 이제는 거의
기어들어가는 목소리로 울었다.

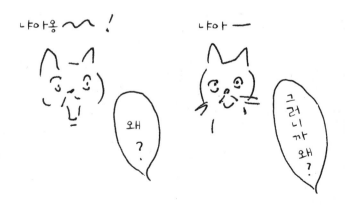

"니아…"

갈수록 목소리가 작아지네.
심술궂게 굴어서 미안.
간식이라도 먹을래?

집중하는 에리

목욕 후 열심히 콘택트렌즈를 씻고 있던 에리에게 내가 옆에 있다는 걸 알리려고 한쪽에 놓여 있던 목욕 수건 위로 올라가 벅벅벅 큰 소리를 내며 어깨를 긁었어요.

그제야 에리는 내가 옆에 와 있다는 걸 알아채고 기뻐했어요.

신기한 소파

전에 살던 집에는 작은 새와 개머루덩굴 무늬가 들어
간 소파가 있었어요. 에리가 사무실에서 썼던 소파인데 에
리는 가끔 일하다가 게으름 부리면서 소파에 누워요. 그러
면 이상하게 나도 곧장 달려가 에리의 배 옆에 딱 달라붙
어 자곤 했어요.

평소에는 내가 아주 새침한 태도를 보이니까 이렇게
행동하면 에리는 정말 기뻐해요. 근데 자기가 너무 좋아하
는 모습을 보이면 내가 다시 훌쩍 다른 곳으로 가버릴 것
같고 그럼 너무 서운할 듯하다면서 이러지도 저러지도 못
하는 눈치였어요. 그래도 좋아하는 것 같긴 했지만요.

내가 스스로 에리의 배에 바짝 붙어 있는 일은 평소
에는 일어날 수 없는 일이에요. 그런데 이상하게 에리가 그

소파에만 누워 있으면 자연스럽게 달려가게 되더라고요.
도대체 왜 그럴까요? 참 신기한 소파예요.

　지금 사는 집에 그 소파는 없어요. 당연히 에리에게 달려가 딱 붙어 있을 일도 없지요. 요즘에는 에리가 폭신폭신한 새 양탄자에 누워서 불러요.

　"도레짱, 이리 와."

　나는 신경 쓰지 마세요. 에리 손이 닿지 않는 조금 떨어진 위쪽에서 뒹굴뒹굴 하고 있을게요. 에리 옆에 갈 일은 없지만, 이 양탄자의 매력에는 당해낼 수 없거든요.

꼬리로 대답하기

함께 사는 사람은 꼭 졸릴 때만 질문해요.

"도레짱은 착한 아이지?"

물어보지 않아도 알고 있잖아요.

"도레짱은 미인인가요?"

그것도 이미 알면서.

"도레짱은 천재였던가?"

이미 증명한 것 같은데요.

일일이 대답하기 귀찮으니까 전부 꼬리로 대답해요.

"도레짱은 슈퍼 고양이?"

툭툭.

"도레짱은 말을 잘 듣는 아이인가요?"

툭툭 탁.

"도레짱은 엄마 좋아해?"

……툭. 이제 그만하고 잠 좀 자게 해줄래요?

이거, 사실 질문을 던지는 게 아니라 내가 꼬리를 움직이는 게 재미있으니까 그걸 보고 싶어서 그러는 듯해요. 분명해요. 정말 못 말리는 집사예요.

기다린 거 절대 아니에요

문득 정신을 차려보면 혼자 방 안에 있을 때가 있어요. 에리가 빨래를 걷으러 밖에 나가거나 욕실 청소를 하거나 허겁지겁 화장실에 들어가곤 하니까요. 그럴 때는 궁금하니까 문 앞까지 가봐요.

특별히 에리를 기다리는 건 아니에요. 그냥 가볼 뿐이에요. 하지만 에리가 돌아와 문 근처에 있는 나를 발견하면 기뻐하면서 말해요.

"도레짱, 나 기다렸구나!"

글쎄, 기다린 거 아니라니까요.

이런 말을 듣지 않으려면 에리가 돌아오는 낌새가 보

일 때 재빨리 그 장소에서 벗어나야 해요. 하지만 간발의 차이로 들킬 때도 있어요. 그러면 '아차, 한발 늦었다' 하고 분해하지요. 전력을 다해 사라지는 뒷모습을 보일 때가 가장 창피해요.

어? 에리가 어디로 갔지? 여기 있나? 이러면서 여기저기 찾아다니다가 에리와 딱 마주칠 때도 있어요. 그럴 때도 잽싸게 유턴.

에리를 뒤따라간 게 아니고 그냥 우연히 개인적으로 그쪽에 볼일이 있어 돌아다니고 있었을 뿐이에요. 하지만 다시 가야겠다 싶어 발길을 돌리던 참이었어요. 기다리고 있었던 건 절대 아니에요. 이 점은 오해하지 않았으면 좋겠어요.

방해가 삶의 낙

책상에 앉아 일을 시작하면 냐아 냐아 하면서 작은
손으로 내 등을 툭툭 친다. 바닥에서부터 몸을 쭉 펴서
발돋움하거나 의자에 올라올 때도 있고 한술 더 떠 의자
등받이까지 올라와 등은 물론이고 내 머리를 툭툭 치기도
한다. 왜 이러시나요?

책상에 앉아 일하고
있으면 냐아 냐아
하면서 온다.

집사가 자기 말고 다른 데 집중하는 게 마음에 들지 않아 그러는 듯하다. 근데 집사가 일을 못하면 네 밥도 제대로 주지 못하는데. 그 점은 알고 계십니까?

냐아~

놀아달라는 거겠지.

집
사
일
기

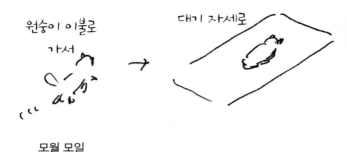

원숭이 이불로
가서

대기 자세로

모월 모일

도레미가 저녁에 처음으로 헤어볼°을 토했다.

오후에 제대로 설명도 하지 않고 금방 돌아올 생각으로 사무실에 갔는데 결국 시간이 걸려 세 시간 정도 집을 비웠다.

내가 돌아오자 "냐아옹" 하면서 항의하듯이 목소리를 높이더니 다른 때처럼 총총걸음으로 원숭이 이불로 갔다. 방석을 두 장 연결한 크기의 고타쓰용 이불인데 고양이의

° 헤어볼·hairball은 고양이의 털이 뭉친 덩어리를 뜻한다. 몸에 털이 많고 잘 빠지는 고양이는 그루밍으로 털을 고르고 이때 털을 많이 삼킨다. 이렇게 해서 생긴 털 뭉치는 배설물과 함께 나오지만 구토를 통해 배출되기도 한다.

뒤돌아보기도 한다

빨리
하라냥

애용품이다. 쓰담쓰담을 요구하기에 한참 쓰다듬어주다가
이불과 빨래를 걷으러 갔다.

한참 빨래를 걷고 있는데 안에서 "냐~아오" 하고 묘하
게 큰 소리로 울었다.

빨래를 다 걷고 옷걸이 등을 정리하면서 보니 도레미
가 테이블 아래에 앉아 있었다. 미동도 하지 않고. 그러다가
갑자기 헤어볼을 토했다. 토한 헤어볼을 앞에 두고 당황한
얼굴로 앉아 있었다. 안쓰러웠다.

상황을 좀 지켜보다가 몸이 안 좋은 것 같으면 병원에
데려가야지.

헤어볼

145

모월 모일

오랜만에 발톱을 깎으려다가 소동이 벌어졌다.

지인 집에서 만난 고양이 돌보미가 알려준 방법은 결국 효과가 없었다. 목덜미를 빨래집게 두 개로 고정하고 머리에는 작은 세탁망을 씌우는 방법이었다.

목덜미를 빨래집게로 집어도 표정 하나 바뀌지 않는 도레미를 보고 오히려 내가 겁을 먹었다. 게다가 세탁망은 저항이 심해 씌우지도 못했다. 애초에 세탁망 따위는 씌우고 싶지 않다는 마음이 있어서 더 잘 안 된 것 같다.

도레미는 다른 때보다 더 날뛰고 뒤집어지더니 내 손목을 물고 긁어 결국에는 심각한 유혈 사태로까지 번졌다. 그래서 빨래집게와 세탁망 작전은 중지. 서로 아무 무기도 없이 임하기로 했다.

오늘 이대로 포기하면 앞으로도 발톱을 자를 수 없겠다는 생각이 들어 무조건 쓰다듬어주고 자장가를 불러주다가 불시에 공격하기로 작전 변경. 한참 쓰다듬어주자 도레미가 엎드린 자세로 몸을 축 늘어트렸다. 이때다 싶어 부드러운 목소리로 말을 걸면서 뒤에서부터 안았더니 갑자기 조용해지면서 움직이지 않았다. 회유 작전 성공.

드디어 전후좌우 총 열여덟 개 발가락의 발톱 깎기 완료.

발톱을 깎은 뒤 뭔가 묘하게 온화해지더니 옆에 와서 멍하게 앉아 있기에 사죄의 뜻으로 짜먹는 스틱 간식을 주었다. 더 먹고 싶어 해서 특별히 고양이 스낵 호시카마乾し カマ도 조금 주었다. 평상시라면 다 먹으면 고맙다는 말도 없이 금세 우다다다 가버리는데 오늘은 다 먹고 나서도 한동안 무릎에 올라와 옆으로 기대어 앉아 있었다. 그래봤자 20초 정도였지만. 왜 그랬을까?

항상 처절한 다툼 뒤에 친밀감을 드러내는 이상한 고양이.

야쓰하시 도레짱

모월 모일

　어제 교토 신쿄고쿠新京極에 있는 종이용품 판매점 폰폰토ぴょんぴょん堂°에서 선물로 받은 거문고 모양의 교토 화과자 이즈쓰 야쓰하시井筒八ッ橋를 먹고 있었다. 그런데 웬일로 도레짱이 곧장 나에게로 달려오더니 무릎에 앉는 게 아닌가. 왜? 야쓰하시 먹고 싶어? 아주 작게 부셔서 주니 와그작와그작 잘 먹었다. 마지막으로 두 조각 더 주었다. 그러자 갑자기 무언가 생각이 난 듯이 자기 밥그릇에 있는 딱딱한 사료를 요란하게 먹어치웠다. 이것도 정말 흔히 볼 수 없는 일이다.

° 일본 전통 종이인 와시和紙에 전통 방식으로 목판 인쇄한 축하 봉투나 가이시懷紙 등을 제조하고 판매하는 곳으로 1902년 처음 문을 연 노포다. 가이시는 과자를 나누거나 술잔을 닦을 때 사용하는 종이다.

모월 모일

    실리콘 고무 피리가 붙어 있는 새끼 용 모양의 노란색 닷짱 인형은 도레미가 처음 가지고 논 날 머리 위에 달린 뿔을 보란 듯이 물어뜯어 순식간에 피리에서 소리가 나지 않게 되었다.

    실리콘 고무를 물어뜯는 느낌이 좋은 걸까.

    굳이 인형이 아니어도, 피리 소리가 나지 않아도, 이 실리콘 고무 같은 걸 주고 물어뜯게 해도 좋을 것 같은데 실리콘 고무 덩어리는 애초에 팔지 않는다. 있으면 참 좋을 텐데.

    이름은 기억나지 않지만, 예전에 프랑스제 유아용 기린 고무 인형을 주었더니 역시 첫날에 얼굴을 물어뜯어 몹시 처참한 모습이 되었다.

가여운
닷짱,
아멘.

모월 모일

어제 저녁 식사 후 옆에 놓여 있던 의자에서 도레미가 기분 좋게 자고 있었다. 그걸 보고 나는 도레미가 깨지 않도록 조심조심 들어 무릎으로 옮겨 안았는데 기적적으로 5분 정도 얌전히 잠을 잤다.

오늘도 시도해보았는데 3분 정도 비몽사몽 상태에서 잠을 잤다. 하지만 하품을 연이어 하면서 눈을 뜨더니 도망치려고 해서 배가 보이도록 뒤집어서 안았다. 그러자 착각했는지 다시 3분 정도 조용히 잠을 잤다. 하지만 결국 버둥거려 바닥에 내려주었다.

지금은 부들 스툴에서 자고 있다. 수건을 덮어주니 더 새근새근 잘 잔다.

오늘은 영국 영화 〈내 어깨 위 고양이, 밥A Street Cat Named Bob〉을 보고 왔다. 영화가 끝나자 도쿄 긴자銀座의 영화관 시네스위치 긴자シネスイッチ銀座 상영관 전체에 부드럽고 달달한 고양이 애정 모드가 충만했다.

밥이 어찌나 귀엽던지. 어깨나 기타에 올라가 얌전하게

있는 밥은 정말 대단하다.

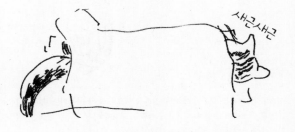

모월 모일

오늘은 집에 돌아와 몇 번이나 이름을 불러도 도레미가 벽장에서 나오지 않았다. 일단 옷을 갈아입고 화장실에서 손을 씻고 나왔는데 도레미가 문 앞에 앉아 있었다.

슈퍼마켓에만 다녀왔기 때문에 선물로 쉬바Sheba 세 종류, 몬 페티Mon Petit 두 종류° 그리고 구운 가다랑어 두 개를 사 왔다. 저녁으로 쉬바에서 나오는 습식 생선 휘레를 주었다. 맛있었어? 근데 반절만 먹는 거냥. 정말 속을 알 수 없는 고양이!

구여워 ♥

° 쉬바와 몬 페티는 고양이 사료 및 간식을 만드는 회사 이름이다. 쉬바는 미국 식품업체 마스에서 운영하는 고양이 식품 브랜드이며, 몬 페티는 스위스 식품제조 회사에서 운영하는 고양이 식품 브랜드다.

화장실에서의
진지한 표정

모월 모일

어제 한밤중에 화장실에 갔다가 돌아왔더니 고양이가 이불로 함께 들어와 갑자기 '꾹꾹이° 대회'를 성대하게 열었다. 어찌나 열심히 발을 오므렸다 폈다 하는지. 나한테 딱 달라붙어 잠깐이라도 목을 만지는 손을 멈추면 "계속!"이라고 말하듯이 내 쪽으로 목을 돌렸다. 한참을 이러다가 겨우 안정되어 잠이 들었다.

° 고양이가 앞발을 활짝 편 상태 혹은 앞발을 활짝 폈다 오므렸다 하면서 번갈아 내디디며 사람이나 사물을 누르는 행동으로 고양이의 애정 표현 중 하나다. 꾹꾹이는 아기 고양이가 모유를 먹을 때 젖을 잘 돌게 하기 위해 본능적으로 어미 배를 양손으로 누르던 행동에서 비롯되었다고 알려져 있다. 이런 습성은 성묘가 되어서도 남아 반려인이나 부드러운 담요, 폭신한 베개 등 편한 대상에 꾹꾹이를 한다.

모월 모일

변을 보고 마지막에 처리를 잘못해 엉덩이를 바닥에 문지르며 끌고 다녔다. 요란하게 울면서.

전에도 이런 일이 한 번 있었지만, 그때 변은 화장실에 제대로 본 상태였다. 하지만 오늘은 변이 밖에 떨어져 있는 데다가 엉덩이에 변이 남아 다다미에도 조금 뭉개져 있었다. 자기도 어떻게 하면 좋을지 몰라 당황한 듯해 안쓰러웠다. 물론 이럴 때는 혼내지 않는다.

모월 모일

오늘은 카모인테리어회사カモインテリア에서 사무실 복도 문 수리를 하러 오기로 한 날이었다.

딩동 하고 벨을 누르고 작업자 아저씨가 안에 들어오자 도레미는 평상시와 마찬가지로 소파 뒤로 사사삭 몸을 숨겼다. 손님 쪽에서 가장 잘 보이지 않는 장소였기 때문이다. 그런데 하필이면 오늘은 인테리어회사에서 소파 뒤쪽이 훤히 다 보이는 쪽의 문을 고치러 왔기 때문에 작업자

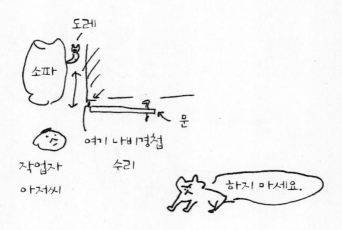

155

아저씨와 숨어 있던 고양이 사이의 거리가 좁혀져 초 밀접 상태가 되었다.

작업자 아저씨가 현장 상황을 살펴본 다음 도구를 가지러 일단 차로 돌아갔을 때 고양이는 집으로 돌려보내는 편이 낫겠다 싶어 소파 뒤에서 끌어냈다. 평소라면 하지 말라는 듯이 굳어서 격렬하게 저항하는데 오늘은 말랑말랑한 떡처럼 흐물흐물해져 얌전히 이동장으로 들어가 집으로 돌아갔다. 진짜 무서웠나 보다.

무서웠어… o

모월 모일

어젯밤 새벽녘에 고양이가 내 종아리를 잘근잘근 깨물었다. 그러고 조금 있다가 이불 위에서 내 발끝에서부터 배까지 밟고 그대로 지나 창문 쪽으로 가버렸다.

그럴 만도 했다. 어제는 베개를 혼자 다 차지하고 고양이 잠자리에도 팔을 뻗고 쿨쿨 잠을 잤으니 화가 났을지도 모른다.

"나는 어디서 자란 말이냥!"

아니면 배가 고팠나?

그래서일까? 어제는 한 번도 내 베개 근처에 와서 잠을 자지 않았다. 외로웠다.

창문으로

항상 도레가
자는 공간.

냐 -
냐 - 냐 -

냐 -

오늘 아침에는 유난히 시끄럽다.

모월 모일

요즘에는 도레미가 내 무릎에 2분에서 3분 정도 올라와 있을 수 있게 되었다.

그저께는 도레미가 스스로 내 무릎으로 올라왔다. 하지만 갑자기 정신이 들었는지 금세 잽싸게 내려갔다. "어? 내가 지금 뭘 하는 거지?" 이런 느낌으로. 그래도 나는 기뻤다.

오늘은 고양이 혼자 집을 보고 있었던 터라 돌아와 안았더니 2분 정도 가만히 있었다. 정말 행복했다.

왠지
노려보는데~

집사가 쓰는 끝맺는 말

　고양이를 키우기 시작한 지 올해로 4년이 되었다. 처음으로 키우는 고양이이기 때문에 매일 모든 생활이 온전히 고양이에게 지배되어 거짓말 하나 보태지 않고 이전과는 완전히 다른 인생을 살고 있다. 물론 좋은 의미로.

　하지만 고양이가 집에 온 첫 2주 동안은 힘든 날들이 이어졌다. "고양이를 키워보지 않겠어요?" 하는 이야기를 듣고 키울 결심을 할 때까지 정말 많이 고민했는데 드디어 결심을 굳히고 고양이를 데려왔더니 이번에는 고양이의 마음을 좀처럼 알 수 없어 안절부절못하기 일쑤였다. 숨어 있기만 하는 아기 고양이를 보고 '이 녀석은 우리 집에 와서 정말로 행복한 걸까?' 이런 생각이 들었다. 걱정에 휩싸였다. 그래도 밤에는 이불에 와서 함께 자니까 나를 싫어하는 건 아닌 것 같다며 마음을 다잡기도 했다.

고양이는 어렸을 때부터 쭉 좋아했다. 모습도 목소리도 사랑스러웠고 몸의 유연한 움직임도 매력적이었다. 길을 걷다가 고양이를 발견하면 말을 걸지 않고는 못 배겼다. 하지만 초등학생 때 개를 키운 적은 있었어도 고양이는 주변에 있는 아이들을 조금 예뻐하는 정도였지 살갑게 대한 적은 거의 없었다.

드디어 고양이와 매일 함께 생활하게 되었다. 그러자 지금까지 몰랐던 고양이의 몸짓과 행동 등을 끊임없이 발견할 수 있었고 이는 놀라움의 연속이었다.

고양이의 귀여움에 대해서도 그저 고양이라는 종 전체에 귀엽다는 인상만 품고 있었다. 하지만 이제는 앞발을 교차해 얼굴을 가리고 잔다든지 화장실 모래를 열심히 판다든지 쓰다듬으면 몸을 비틀어 목에서 배까지 다 보여주며 발라당 하는 구체적인 하나하나의 몸짓에 놀라고 감격한다. 그리고 사랑스럽다는 마음이 날이 갈수록 점점 부풀어 만 간다. 아직도 이런 마음은 매일 커질 뿐이다.

고양이 눈의 아름다움에도 놀랐다. 가까이 다가가서 옆에서 보면 투명한 돔 모양의 커다란 렌즈가 보인다. 고양 이 눈이 이렇게 생겼다니. 전혀 몰랐다. 껍질을 벗겨 놓은 포도와 비슷한 색을 지닌 홍채에 그대로 빨려 들어갈 것만 같았다.

이렇게 생활하다보니 초기에 느낀 불안은 안개가 걷히 듯 사라졌다. 어느새 정신을 차려보니 내 생활은 고양이 중 심으로 돌아가고 있었다. 어리광을 잘 부리지 않고 새초롬 한 성격의 우리 고양이지만, 나마저도 내 애정에 푹 빠질 만큼 온갖 사랑을 듬뿍 쏟아붓고 있다.

매 끼니 식사 준비는 물론이고 화장실 청소도 신바람 이 난다. 고양이 변이나 오줌을 더럽다고 느낀 적은 없다. 자신 이외의 존재를 돌보는 일이 이렇게까지 큰 기쁨이 될 줄이야. 고양이와 함께 살기 전에는 생각지도 못한 일이다.

앞으로도 따뜻하고 좋은 향기가 나면서 목을 그르릉

그르릉 하는 사랑스러운 우리 고양이와 살아간다고 생각하면 행복하다 못해 가슴까지 두근거린다.

고양이 도레미를 우리 집에 데려와준 릴리 씨와 레리 씨에게는 감사하다는 말을 수없이 해도 모자란다. 다시 한 번 감사드립니다.

고양이를 입양했을 때 릴리 씨는 나에게 "도레쌍의 책을 써주세요"라고 말했다. 나도 모처럼 고양이를 키우게 되었으니 고양이 책을 쓰고 싶었다. 줄곧 어떤 책을 쓸까 고민했다. 그리고 이제, 드디어 완성했다.

편집을 담당해준 아다치 에미足立惠美 씨를 비롯해 이 책의 제작에 온 힘을 쏟아준 출판사 아키쇼보亜紀書房 여러분, 정말 감사합니다.

꼼꼼하게 이 책의 교정교열을 보아준 무타 사토코牟田都子 씨 그리고 작고 귀여운 책으로 디자인해준 알비레오 albireo의 구사카리 무쓰코草苅睦子 씨와 오가와 노리코小川德子

씨에게도 감사의 마음을 전합니다.

　고양이를 키우시는 분도 그렇지 않은 분도, 고양이를 사랑스럽게 여기는 많은 분이 이 책을 읽는다면 정말 기쁘겠습니다.

　　　　어느 봄날 벚꽃이 피기 시작하는 산촌에서

　　　　　　　　　　히라노 에리코

나도 언젠가, 고양이

꽤 오랜 시간 동안 저는 고양이에게 무관심한 사람이었습니다. '고양이 천국'이라는 일본에서 지내면서도 우연히 만난 고양이가 귀엽다는 감정조차 들지 않았습니다. 마음 한편에 고양이에 대한 편견과 무서워하는 마음이 있었기 때문인데요.

제가 자라던 시절만 해도 '도둑고양이'라는 말이 일상적으로 사용되었고, 그 시절 읽었던 에드거 앨런 포Edgar Allan Poe의 단편 소설 『검은 고양이The Black Cat』 속 고양이는 인간을 해하는 두렵고 무서운 동물로 그려져 있었으니까요. 그렇게 모르는 사이에 고양이는 날카로운 눈과 발톱을 지닌 두려운 존재로 제 안에 자리 잡았고, 어른이 되어서도 우연히 공원에서 고양이를 만나면 최대한 멀리 떨어져 지나가곤 했습니다.

그런데 인생은 참 아이러니하지요. 고양이에 대한 편견과 두려움 속에서 살던 6년 전, 고양이에 대해서는 아는 것이 하나도 없었으면서 일본의 고양이 소식을 국내에 전하는 글을 쓰게 되었으니까요. 3년 남짓 한 달에 두세 번 쓰다 보니 거의 매일 고양이와 관련된 글을 읽고 사진과 영상을 보았습니다.

그런데 이상했어요. 자료 속에서 만난 고양이는 제가 알던 고양이가 아니었으니까요. 오랫동안 떨어져 지냈던 집사의 목소리를 기억해 품에 안기고, 어디에서든 이상한 자세로 그루밍이나 쭉쭉이를 하고, '고양이 액체설'을 증명이라도 하듯이 좁은 곳에 들어가는 엉뚱하고 발랄하고 사랑스러운 존재였습니다. 게다가 뒤늦게 본 미야자키 하야오宮崎駿 감독의 애니메이션 〈마녀 배달부 키키魔女の宅急便〉에 등장하는 검은 고양이 '지지'는 늠름하고 의리 있고, 심지어 요물도

아니었지요(지금 생각해보면 포의 소설에 나온 고양이는 잔인하게 학대받는 고양이였지 나쁜 고양이가 아니었습니다).

이런 시간이 쌓이다 보니 어느새 저는 공원에서 우연히 고양이라도 만나면 눈을 떼지 못하고 '오늘은 운이 좋은 날'이라고 기뻐하며, 고양이가 나오는 영상은 무조건 클릭해서 보는 '랜선 집사'가 되어 있었습니다. 비록 고양이를 글로 배웠지만, 그 매력에 한 번 빠지니 헤어 나올 수 없게 된 거죠. 급기야 '언젠가는 고양이와 생활하고 싶다'는 마음까지 생겼어요. 여기에는 주변에 고양이를 키우거나 길고양이를 돌보는 사람들이 늘고, 고양이에 대한 이야기를 자주 접하게 되면서 심리적 장벽이 낮아진 이유가 컸던 것 같습니다.

『나는 도레미』는 일러스트레이터이자 초보 집사 히라노 에리코(이하 에리)와 태비 고양이 '도레미'의 생활을 고양이의 시선과 목소리로 담아낸 책입니다. 어떻게 보면 소설 같고 어떻게 보면 에세이 같아요. 고양이의 목소리는 에리가 완벽하게 상상해서 썼으니 소설이라고 볼 수 있지만, 또 둘의 생활이 생생하게 담겨 있으니 에세이라고도 할 수 있습니다. 글은 소설과 에세이 사이를 자유자재로 왔다 갔다 하고, 시점도 도레미에서 에리로, 에리에서 도레미로 자주 이동하니 가끔 이게 누구의 이야기인지 알쏭달쏭해요. 하지만 에리가 보이지 않으면 찾으러 가는 츤데레 도레미나 그런 고양이가 마냥 사랑스럽기만 한 에리의 모습을 보면 둘의 마음이 모두 들여다보여서 행복해집니다.

사실 에리는 고양이를 좋아했지만 키운 적은 없었어요. 그래서 도레미를 데려오기 전에도 고민을 많이 했고, 데리고 와서도 자기와 함께여서 정말 행복한지 알 수 없어 불안해합니다. 그런 고양이를 알고 싶은 절박한 마음이 도레미의 시선으로 세상을 바라보는 이 책으로 이어진 거겠지요.

책에는 에리가 그린 도레미의 모습이 곳곳에 등장합니다. 그런데 이상하지요. 지은이 에리는 정말 세밀하게 그림을 그리는 일러스트레이터로 유명한데, 어떻게 된 일인지 책에 담긴 도레미의 모습은 대충 휘리릭 그린 그림도 많고

도무지 형체를 알 수 없는 그림도 있습니다. 움직이는 모습을 순간 포착해 그리다 보니 그렇겠지만, 귀여운 도레미의 행동을 하나도 놓치지 않겠다는 에리의 마음이 그대로 녹아 있어 보다 보면 쿡쿡 웃음이 납니다.

저도 이제는 고양이를 좋아하지만, 워낙 역마살이 강하다 보니 고양이와의 생활은 아직 꿈도 꾸지 못하고 있습니다. 대신 자주 가는 공원에서 고양이를 만나기라도 하는 날에는 너무 반가워 자꾸 말을 걸고(고양이는 들은 척도 안 하고), 인사하고(인사도 받아주지 않고), 나 좀 보라며(거들떠보지도 않지만) 고양이에게 치근덕거립니다. 그때마다 고양이는 이런 인간을 보고 무슨 생각을 할까 궁금했습니다. 고양이의 마음을 알고 싶어~ 그건 저만의 바람은 아니겠지요. 고양이를 키우는 집사는 물론 고양이를 좋아하는 사람이라면 모두 그런 생각을 할 거예요. 그러니 이 책은 고양이의 마음을 읽고 싶어 하는 모든 집사와 애묘인의 심정을 대변하는 책일지도 모르겠습니다. 그 마음은 조금이라도 더 고양이의 생각을 이해해 지금보다 더 잘해주고 싶다는 애정의 표현이겠지요.

번역하는 내내 에리와 도레미의 안부가 자주 궁금했고 서로 마음을 주고받는 둘의 모습에 자주 행복했습니다. 둘의 생활이 글과 일러스트로 생생하게 담겨 있었으니까요.

언젠가는 저도 도레짱, 도렛치, 도레 등 수많은 애칭으로 불리는 도레미처럼 수많은 애칭으로 부를 나만의 고양이를 만날 날이 올까요? 아직은 조금 먼 이야기처럼 들리지만, 또 모르지요. 어느 날 고양이에게 간택당해 집사의 길을 걷게 될지도. 그럼 초보 집사 에리가 했던 고민을 똑같이 하면서 '우리 고양이'라고 부르게 될 고양이와 함께 지내며 몰랐던 고양이의 모습을 발견하고 행복과 기쁨을 찾아가겠지요.

고양이의 눈에 비치는 세상은 어떤 모습일까? 고양이의 마음은 정말 고양이밖에 모르는 걸까? 그 마음을 알 수는 없을까? 이 책 『나는 도레미』는 이런 의문에서 출발했습니다. 엉뚱하고 자유로우며 외로움을 잘 타는 도레미와 초보 집사 에리의 이야기가 우리가 고양이의 마음을 조금이라도 이해하는 데 도움이 되면 좋겠습니다.

이 글을 쓰고 얼마 지나지 않아 자주 가는 카페 사장님의 고양이가 병으로 무지개다리를 건넜습니다. 실제로는 그 고양이를 만난 적 없지만, 잘 먹지도 못하는 반려묘를 위해 애쓰고 돌보는 사장님의 모습을 보며 '나는 과연 저렇게 할 수 있을까' 생각했습니다. 그리고 깨달았어요. 역마살로 한곳에 정착하지 못해 고양이와 함께할 수 없는 것이 아니라, 저에게는 한 생명의 무게를 감당할 용기가 아직 없다는 사실을요. 세상의 모든 고양이와 고양이를 사랑하는 모든 사람이 행복하기를 바랍니다. 그리고 언젠가는 저도 그 생명의 무게를 주저 없이 안을 수 있는 날이 오기를 기다려봅니다.

서하나

나는 도레미

초판 1쇄 발행   2022년 10월 10일

지은이   히라노 에리코
옮긴이   서하나
펴낸이   윤동희
펴낸곳   북노마드

편집   김민채
디자인   신혜정
제작   교보피앤비

출판등록   2011년 12월 28일
등록번호   제406-2011-000152호
문의   booknomad@naver.com

ISBN   979-11-86561-53-9 03830

www.booknomad.co.kr